THE DAY OF REVOLUTION

VOL. 1

革命の日

MIKIYO TSUDA

INHALT

Der Tag der Revolution

革命の日

VATER...
NICHT JETZT, KEI!
DEINE MUTTER IST NEBENAN. GEH ZU IHR!
VATER... DU SIEHST MICH NICHT MAL AN...
WARUM?
UND WIESO DARF ICH NICHT BEI DIR SEIN?
VATER...
HASST DU MICH ETWA?

VATER...
VATER...
VATER !!
DING DONG
DANG DONG

PAM
YOSHI-KAWA!!
DER SCHUL-SPRE-CHER ...
ICH WUSSTE, DASS ICH DICH HIER FINDEN WÜRDE!
KOMM IN DIE KLASSE! ES HAT BEREITS GELÄUTET!

HALT'S MAUL! AM LIEBSTEN WÜRDEST DU MICH OHRFEIGEN!
ABER GEGEN MICH ZIEHST DU DEN KÜRZEREN!
WAS SAGST DU DA ?!
NUR WEIL DU DER SCHULSPRECHER BIST, MUSST DU NICHT JEDEN SCHÜLER EINZELN ZUM UNTERRICHT SCHLEIFEN!
DAS GEHÖRT ZU MEINEN AUFGABEN ...
ACH JA?! UND WAS IST MIT DEN BEIDEN DORT? IMMER HACKST DU NUR AUF MIR RUM!
WERD NICHT FRECH, KEI-CHAN!
HA HA HA
SEINE FREUNDE VERPETZT MAN NICHT, KEI!
TYRANN YOSHIKAWA!
GROAR
FÜR DIE SCHÜLER ANDERER KLASSEN BIN ICH NICHT ZUSTÄNDIG!
ACH SO...
WA
GRAPP
NK

SCHON WIEDER...
DAS PASSIERT MIR IMMER ÖFTER!
SCHEISS ANÄMIE ...
HEY, KEI ?!
YOSHI-KAWA ?
WAS IST LOS ?
GEHT SCHON WIEDER. IST NUR DIESE ANÄMIE.
ALLES OKAY?
HIER AUF DEM DACH PASSIERT MIR DAS OFT.
GRASH
LIEGT SICHER DARAN, DASS ICH NOCH WACHSE ...
PUH!
MEINE GELENKE UND MEIN MAGEN TUN AUCH WEH...
NA JA, WÄR NICHT SCHLECHT, WENN ICH NOCH ETWAS GRÖSSER WÜRDE...

GRAPP
KNUDDEL
RED KEINEN QUATSCH!
SO WIE DU BIST, FINDE ICH DICH GENAU RICHTIG!
WHACK
HAAACH... DU FÜHLST DICH SO GLATT AN! ICH LIEBE ES, DICH ZU UMARMEN...
PAT
LASS DEN SCHEISS, DU IDIOT! MIR IST SOWIESO SCHON SCHLECHT!
HA
HA
HA
GNN
GNN
GNN
HEY... WAS SOLL DAS WERDEN?! HÖRT SOFORT DAMIT AUF!

DU HAST SEX-APPEAL!
NA JA, DU BIST ZWAR EIN JUNGE, WIRKST ABER IRGENDWIE FEMININ!
ICH FINDE, TOBA HAT RECHT!
WAAAS?! WILLST DU AUCH EINE?!
FINDEST DU NICHT AUCH?!
WUPP
HÄ?!
NA JA, ALSO... DEIN ADAMSAPFEL STEHT NICHT SO WEIT VOR, UND DU HAST WEDER EINEN BART NOCH BEINBEHAARUNG ...
DEINE ZIERLICHE GESTALT UND DAS SÜSSE GESICHT NICHT ZU VERGESSEN... ÄH...
JETZT REICHT'S ...!
WUPP
SIEHST DU?

ICH WEISS, DASS DU EIN JUNGE BIST ...
ABER... DU BRINGST MICH VÖLLIG DURCHEIN-ANDER...
BLUSH
PAZINK
IHR HABT ALLE EINEN AN DER WAFFEL ...
NG
Z
WANK

FUMP
KEI ?!
YOSHI-KAWA ?
KEI!! WAS IST LOS ?!
ALLES OKAY, KEI ?
HEY, YOSHI-KAWA !!
VERDAMMT ...!
AAH ... ICH KANN ES NICHT MEHR HÖREN...
MEIN KOPF DRÖHNT!
MEINE ELTERN TRENNEN SICH UND ICH BIN NUR VON SOLCHEN IDIOTEN UMGEBEN!
MIR IST SCHWINDLIG UND ALLES TUT WEH...

MEIN LEBEN IST EINE KATAS-TROPHE ...
SUZUKI-KLINIK
SUZUKI-KLINIK

BITTE ...?
ALSO, DIE UNTERSU-CHUNG HAT ERGEBEN ...
... DASS DU EIN MÄDCHEN BIST.
WAAAS ?

ICH BIN...
SEIT ICH VOR FÜNFZEHN JAHREN ZUR WELT KAM... BENUTZE ICH DIE HERREN-TOILETTE, HERR DOKTOR!
UND JETZT BE-HAUP-TEN SIE, ICH...
SEIN DINGSDA MAG ETWAS KLEIN SEIN, ABER ES IST OHNE ZWEIFEL VORHANDEN!!
SCHNAUZ
WAS SOLL DAS?! DER IST NICHT KLEIN!!
ZOPP
ES BESTEHT KEIN ZWEIFEL.
ICH VERSTEHE, DASS DIES EIN SCHOCK FÜR SIE IST, ABER ...
DURCH EINE ABNORMITÄT DES X-CHROMOSOMS UND EINE FEHLER-HAFTE ÜBERMITT-LUNG DER ERBIN-FORMATIONEN ...
... KANN DAS GESCHLECHT LAUT X-CHROMO-SOM WEIBLICH SEIN, OBWOHL MÄNNLICHE GESCHLECHTS-MERKMALE VORHANDEN SIND.

MAN BEZEICHNET DIES IM ALLGEMEINEN ALS „HALB-YIN-HALB-YANG"-PHÄNOMEN.
ES GIBT ZUM BEISPIEL MENSCHEN MIT HODENVERWEIBLICHUNG, HARNRÖHRENSPALTUNG ODER EIERSTOCKHODEN...
DA... DAS REICHT! STOPP!!
SCHLUSS MIT DEM FACHCHINESISCH...
RAUS MIT DER SPRACHE... BIN ICH EIN MANN ODER...?
DU BIST EINE FRAU!
SUZUKI-KLINIK
SUZUKI-KLINIK

ICH BIN EINE FRAU?
DAS HEISST, ICH MUSS KÜNFTIG ...
... FRAUEN-UNTERWÄSCHE TRAGEN ?!
DAMENWÄSCHE (SLIP)
MODELL LIEBESTÖTER
UAAAH!
UNSINN !!
DAS GIBT'S DOCH NICHT ...
ICH HABE SCHLIESSLICH FÜNFZEHN JAHRE ALS MANN GELEBT !!
DAS KANN DOCH UNMÖGLICH SEIN...
EIN ZIEMLICHER SCHOCK, WAS ?
ZUCK

DU BIST ALSO IN WAHRHEIT EIN MÄD-CHEN...
UND WAS NUN ?
STIMMT ...!
WIR SOLLTEN AUF JEDEN FALL MIT DEINEM VATER DARÜBER REDEN ...
WENN ICH WIRKLICH EIN MÄDCHEN BIN, BLEIBT MIR KEINE AN-DERE WAHL... ICH MUSS ALS MÄDCHEN WEITERLEBEN.
DIE MÜHE KÖNNEN WIR UNS SPAREN !
DAS GEHT BEI IHM ZUM EINEN OHR REIN UND ZUM ANDEREN WIEDER RAUS !!

DADURCH ...
IST DOCH WAHR ...!
... PLATZT DIE ILLUSION VON EINER HEILEN FAMILIE WIE EINE SEIFEN-BLASE.
BISHER WAR ICH DOCH ...
... NUR LUFT FÜR IHN.
WUPP
DU HAST RECHT ...
DAS IST NICHT DER RICHTIGE ZEITPUNKT ...
HÄ... ?

ICH HABE ES SATT!
MEIN ENTSCHLUSS STEHT FEST ...
WENN SICH NICHT BALD ETWAS ÄNDERT ...
MUTTER ...

WAS HAST DU JETZT VOR?
NA, WAS SCHON? DA ICH EIN MÄDCHEN BIN, WILL ICH AUCH WIE EIN MÄDCHEN LEBEN.
AHA...
ICH WUSSTE ES...
NA SCHÖN, WENN DU WILLST ...
ES IST DEINE ENT-SCHEIDUNG! DA MISCHE ICH MICH NICHT EIN.
NATÜRLICH WERDE ICH DICH NACH KRÄFTEN UNTER-STÜTZEN ...
ES IST IHM EGAL ...
PAMM
VER-DAMMT NOCH MAL !!

WEISST DU, WAS ...?!
ICH KENNE DICH INZWISCHEN VERMUTLICH BESSER ALS DU DICH SELBST.
DU HAST EIN PROBLEM DAMIT, DEINE GEFÜHLE ZU ZEIGEN...
DESHALB WIRST DU STÄNDIG MISSVERSTANDEN ...
SCHULD IST VERMUTLICH DEINE ERZIEHUNG.

IHR BEIDE BILDET EUCH EIN, DASS DER ANDERE EUCH HASST...
DAS IST KEINE EINBILDUNG! DER KERL HASST MICH WIRKLICH!!
IST DAS WAHR?
NEIN...!
NATÜRLICH NICHT!
PAZINK
ELENDER LÜGNER! DU HAST DAMALS SELBST GESAGT, DASS DU MICH HASST!!

DAMALS, ALS ICH IN DEIN ARBEITSZIMMER KAM UND VERSUCHTE, DEINE AUFMERKSAMKEIT ZU ERREGEN, HAST DU MICH GEOHRFEIGT UND...
PAFF
HA
BUAPPH
ES TUT MIR LEID... VATER ...
HCK HCK
PAPA... E-ES TUT MIR ...
ZUCK
VERSCHWINDE!
VERDAMMT!
GRUMMEL
AH, WIE ICH KINDER HASSE ...!
DU HASST MICH?

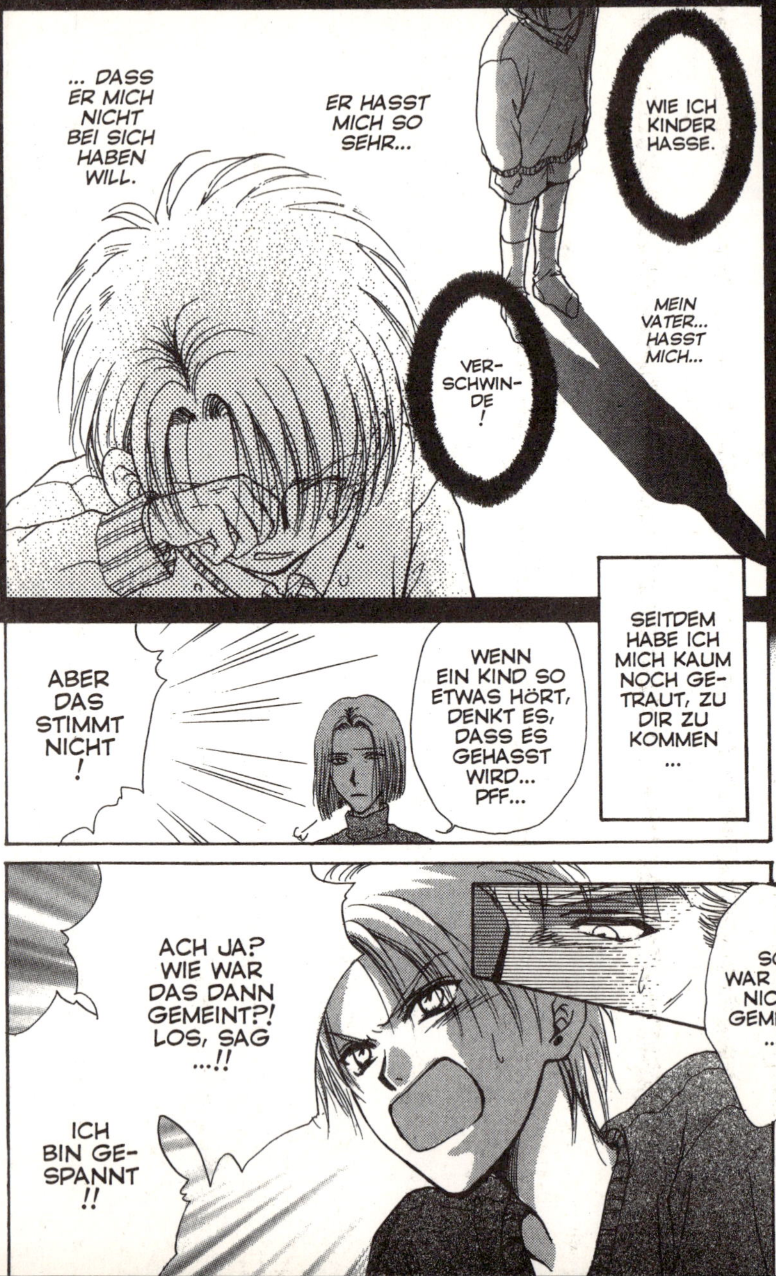
WIE ICH KINDER HASSE.
ER HASST MICH SO SEHR...
... DASS ER MICH NICHT BEI SICH HABEN WILL.
MEIN VATER... HASST MICH...
VER-SCHWIN-DE!
SEITDEM HABE ICH MICH KAUM NOCH GE-TRAUT, ZU DIR ZU KOMMEN ...
WENN EIN KIND SO ETWAS HÖRT, DENKT ES, DASS ES GEHASST WIRD... PFF...
ABER DAS STIMMT NICHT!
SO WAR DAS NICHT GEMEINT ...
ACH JA? WIE WAR DAS DANN GEMEINT?! LOS, SAG ...!!
ICH BIN GE-SPANNT!!

WENN DU...
... NICHT DARÜBER REDEST, WERDEN DIE MISS-VERSTÄND-NISSE IMMER GRÖS-SER.
ICH WEISS, DASS DU ES NICHT LEICHT HAST...
ABER KEI FÜHLT SICH SEIT JAHREN VON DIR IM STICH GE-LASSEN... UND ICH AUCH.
ALSO GUT, KEI... ICH WILL VERSUCHEN, ES DIR ZU ERKLÄREN ...
FH
ICH KOMME AUS EINER SEHR ANGE-SEHENEN UND AUTORITÄREN FAMILIE, IN DER MAN GROSSEN WERT AUF DIE FAMILIENEHRE LEGTE.

MEINE GROSSMUTTER WAR SEHR STRENG UND HAT MICH STÄNDIG GEOHRFEIGT, MICH MIT DINGEN GEZÜCHTIGT ODER AM TISCH FESTGEBUNDEN.
WENN ICH LAUT LACHTE ODER WEINTE, WURDE ICH AUSGESCHIMPFT. ALSO HABE ICH IRGENDWANN KEINE GEFÜHLE MEHR GEZEIGT ...
... UND WURDE IMMER MEHR ZUM EINZELGÄNGER.
ICH HATTE MIR GESCHWOREN, MEINE KINDER NICHT SO ZU BEHANDELN.
ABER...
NACHDEM ICH MICH DAMALS IN MEINEM ARBEITSZIMMER SO ÜBER DICH AUFGEREGT UND DICH SOGAR GEOHRFEIGT HATTE, WAR ICH SEHR BESTÜRZT...
ANSCHEINEND WAR ICH GENAU WIE MEINE VERHASSTE GROSSMUTTER... UND AUS SCHAM ZOG ICH MICH ZURÜCK...

ABER DEINE OHRFEIGE WAR DOCH ETWAS GANZ ANDERES ALS DAS, WAS DEINE GROSSMUTTER MIT DIR GEMACHT HAT!
MAG SEIN, ABER ICH WAR DAMALS SO ÜBER MICH ERSCHROCKEN...
... UND HATTE ANGST, ICH KÖNNTE KEI ERNSTHAFT VERLETZEN... ODER DASS ER SICH GENAUSO ZURÜCKZIEHT WIE ICH ALS KIND...
VOR LAUTER ANGST HABE ICH MICH VON DIR FERN GEHALTEN... UND DICH SO NOCH MEHR VERLETZT ...
ES TUT MIR LEID... KEI...
ALSO...
DU GLAUBST ...
... NACH SO LANGER ZEIT KÖNNTEST DU EINFACH ALLES UNGESCHEHEN MACHEN?
ALL DIE JAHRE HABE ICH GEDACHT ...
... WENN MEIN VATER MICH HASST, DANN HASSE ICH IHN AUCH...
DANN TUT ES WENIGSTENS NICHT MEHR SO WEH...
ABER...

DANN HAB ICH SELBST AUCH EINE MAUER AUFGEBAUT ...
DU MUSST NUN ALS MÄDCHEN NOCH EINMAL GANZ VON VORN ANFANGEN, KEI.
DAS IST DIE CHANCE, EIN NEUES LEBEN ZU BEGINNEN UND DICH MIT DEINEM VATER ZU VERSÖHNEN!
MACH DAS BESTE DARAUS ...!
SEHT IHR, ICH WUSSTE, DIES IST EINE GUTE GELEGENHEIT...
KEI...

ES WIRD SICHER NICHT LEICHT, NOCH MAL VON VORNE ZU BEGINNEN!
ABER WENN DU DAZU BEREIT BIST, VERSUCHE ICH ES AUCH!
MAG SEIN, DASS AM ANFANG DAS EIN ODER ANDERE SCHIEF GEHT, ABER ICH WERDE MEIN BESTES GEBEN UND HOFFE, DU GIBST MIR EINE CHANCE... KEI!
ICH FRAGE MICH...
... WARUM ICH FÜNFZEHN JAHRE MEINES LEBENS ALS MANN VERBRINGEN MUSSTE.
ICH KOMME MIR VOR WIE IN EINER DRITTKLASSIGEN FAMILIEN-SOAP...
WENN SIE NUR DAZU DA WAREN, DASS ICH WIEDER GANZ VON VORN ANFANGEN MUSS ...
WAS SOLL'S ...?!
ICH WERDE ALS FRAU WEITERLEBEN. OB ICH NUN EINE MEINUNG ÄNDERE ODER ZWEI, MACHT KEINEN UNTERSCHIED ...
... DANN KANN ICH SIE AUCH GLEICH GANZ VERGESSEN...
DU, MAMA ...
DU SCHEINST DIR ÜBER ALL DAS LÄNGST IM KLAREN GEWESEN ZU SEIN ...
WARUM HAST DU DANN NICHT SCHON EHER AUF DEN TISCH GEHAUEN, DAMIT WIR DIE SACHE AUS DER WELT SCHAFFEN?

NA JA, ICH FÜHLTE MICH VERNACHLÄSSIGT UND SCHALTETE AUF STUR.
ICH SAH NICHT EIN, WARUM IMMER ICH DIE INITIATIVE ERGREIFEN SOLLTE.
UND ALS DIE PROBLEME MIT KEI ANFINGEN, HOFFTE ICH, DASS SICH DADURCH ETWAS ÄNDERN WÜRDE.
ABER DA SICH WIEDER NICHTS TAT... GAB ICH DIE HOFFNUNG AUF UND ZOG MICH IMMER MEHR ZURÜCK.
SEUFZ
KEIKO...
HAST DU NIE DARAN GEDACHT, DICH SCHEIDEN ZU LASSEN...?
Ganz schön kompliziert...
KEI!
DOCH...! NATÜRLICH HABE ICH DAS!
ICH NAHM MIR VOR, IHN BEIM ERSTEN ANZEICHEN EINES SEITENSPRUNGS ZU VERLASSEN!
ABER ZUM GLÜCK IST ER MIR TREU GEBLIEBEN.
HO HO HO HO HO
KEIKO...
WER SEINE FAMILIE NICHT AN SICH RANLÄSST...
...MACHT UM FREMDE AUCH EINEN BOGEN!
ALSO WEISST DU...

EINIGE TAGE SPÄTER...
ICH HABE MICH ENTSCHLOSSEN, ALS FRAU ZU LEBEN. SIE WERDEN MICH IN ZUKUNFT ALSO ÖFTER SEHEN!
OH! HAST DU DIR DAS GUT ÜBERLEGT...?
HA HA HA HA
DIE MEISTEN ZIEHEN ES IN SO EINEM FALL VOR, SO WEITERZULEBEN WIE BISHER. SEHR MUTIG!
HÄ?

WAS... HABEN SIE GERADE GESAGT?
NA JA, ICH HABE MICH INZWISCHEN EINGEHENDER INFORMIERT...
... UND HERAUSGEFUNDEN, DASS DIE MEISTEN MENSCHEN IHR GESCHLECHT NICHT GEÄNDERT HABEN.
HA HA HA HA
ÜBRIGENS SOLLEN ALL DIESE MENSCHEN SEHR GUT AUSSEHEN!
GENAU WIE DU.
ZUCK
HÄTTEN SIE MIR DAS...
... NICHT EHER SAGEN KÖNNEN?!

HUFF
HUFF
HUFF
ALSO ...?!
WUPP
PRASSEL
NEIN !
WARUM NICHT ?!
WEIL DU DICH ENTSCHLOSSEN HAST, EIN MÄDCHEN ZU WERDEN !!
ABER NUR, WEIL ICH DACHTE, ICH HÄTTE KEINE ANDERE WAHL !
WARUM WOLLT IHR MICH NICHT ALS JUNGE WEITERLEBEN LASSEN ?
KEINE DISKUSSION ...
ABER WARUM NICHT ?!

DER TAG DER REVOLUTION – Ende

HAAACH...
DER GLANZ IST DAHIN...
OHNE KEIS SCHÖNHEIT LÄSST UNSERE GANG JEGLICHEN GLANZ VERMISSEN! DAS IST NICHT FAIR!
KEI YOSHIKAWA *AUS TOBAS SICHT.
GRUAAAA
SHUJI TOBA
TADASHI TACHIMACHI
KAZUTOSHI SHINMEI
VERDAMMT! WO ZUR HÖLLE STECKST DU, KEI?!
Der Tag der Wiedergeburt
PFF
DAS IST NICHT ZU ÄNDERN...
LOS, TACHIMACHI, SCHENK TOBA EIN LÄCHELN... VIELLEICHT TRÖSTET IHN DAS!
SMILE
PAT
WAH! HÖR AUF, SO BLÖD ZU GRINSEN!!

GANZ SCHÖN GEMEIN VON KEI...
... OHNE EIN WORT EINFACH SO ZU VER-SCHWINDEN!
ER HAT SICHER SEINE GRÜNDE. ES HIESS DOCH, ER HABE IR-GENDEINE SELTSAME KRANKHEIT!
UND WENN SCHON! ER HÄTTE WENIGSTENS ANRUFEN ODER EINE KARTE SCHICKEN KÖNNEN!
GRASH
AAAH ...
OHNE UNSEREN SONNEN-SCHEIN IST ES HIER STERBENS-LANG-WEILIG!
KOMMST DU...
... WIRKLICH NIE MEHR ZURÜCK, KEI ...?

再生の日

EINSCHULUNG
UND NUN DIE ANSPRACHE UNSERES SCHULSPRECHERS.
KRONK
GUGUNG
BADONK
MEINE DAMEN UND HERREN, ICH BIN HIROAKI KAWADA, DER SCHULSPRECHER...

BLA
BLA
?
BLA
FLÜSTER
HEY, MEGUMI! WAS MACHST DU DA? WILLST DU GLEICH AM ERSTEN TAG UNANGENEHM AUFFALLEN ?
FLÜSTER
ZUCK
HALT DIE KLAPPE! DAS WAR KEINE ABSICHT! ICH BIN BUCHSTÄBLICH VOR SCHRECK VOM STUHL GEFALLEN.
TUSCHEL
TUSCHEL
DIESER KAWADA WAR FRÜHER IN MEINER KLASSE !
TUSCHEL
ACH, DU MEINE GÜTE ...

DU KANNST DOCH NICHT JEDES MAL AUS DEN LATSCHEN KIPPEN, NUR WEIL DU EINEN EHEMALIGEN BEKANNTEN SIEHST!
KLAPPE! DAS WEISS ICH AUCH!
GRMPF
UND GEWÖHN DIR SCHLEUNIGST EINEN ANDEREN TON AN...
SONST STREICHT DIR DEINE MUTTER DAS TASCHENGELD!
GNN...
HO HO HO HO HO HO
REISS DICH GEFÄLLIGST ZUSAMMEN! DU BIST JETZT EIN MÄDCHEN, NICHT WAHR? ME-GU-MI-CHAN! ♡
STIMMT!
ICH HAB JETZT LANGES HAAR UND EIN MATROSENKLEID.
MEIN NAME IST MEGUMI, UND ICH SEHE AUS WIE EINE FRAU.
ABER...
VOR UNGEFÄHR EINEM HALBEN JAHR HIESS ICH NOCH KEI UND WAR EINDEUTIG EIN MANN.

NIMMT MAN'S GENAU, BIN ICH TOTAL AUSGERASTET! ABER DADURCH WURDEN DIE MISSVERSTÄNDNISSE, DIE BIS DAHIN DAS KLIMA IN UNSERER FAMILIE VERGIFTET HATTEN, ENDLICH AUFGEKLÄRT.
DANN BRACH ICH AUF DEM SCHULDACH ZUSAMMEN, KAM IN DIE KLINIK UND WURDE UNTERSUCHT. DABEI STELLTE SICH HERAUS, DASS ICH EIGENTLICH EIN MÄDCHEN BIN.
HIER AUF DEM DACH PASSIERT MIR DAS OFT.
LIEGT SICHER DARAN, DASS ICH NOCH WACHSE ...
MEINE GELENKE UND MEIN MAGEN TUN AUCH WEH...
NACHDEM ICH FÜNFZEHN JAHRE IN DEM GLAUBEN GELEBT HATTE, EIN MANN ZU SEIN, WAR DIESE NACHRICHT EIN ZIEMLICHER SCHOCK!
ICH BESCHLOSS, MEIN ALTES LEBEN HINTER MIR ZU LASSEN UND NOCH EINMAL GANZ VON VORN ZU BEGINNEN.
UND DANN ERÖFFNETE MIR MEIN ARZT, DASS SICH DIE MEISTEN MENSCHEN ENTSCHIEDEN HÄTTEN, IHR ALTES LEBEN FORTZUSETZEN...
ABER...
WENN ICH SO WEITERLEBEN WÜRDE, WÄRE ICH MEIN LEBEN LANG NUR EIN HALBER MANN OHNE BART, KÖRPERBEHAARUNG UND ADAMSAPFEL.
NATÜRLICH HATTE ICH ANGST VOR DER UNBEKANNTEN WELT DER FRAUEN.
ALSO BESCHLOSS ICH, DASS ES BESSER WÄRE...
... SOFORT EIN NEUES LEBEN ALS FRAU ZU BEGINNEN...
KURZ DARAUF BEDAUERTE ICH ES SCHON, MEIN LEBEN ALS MANN AUFGEGEBEN ZU HABEN.
DIE SCHULLEITUNG WURDE INFORMIERT UND ICH EIN HALBES JAHR VOM UNTERRICHT BEFREIT...
DANN WURDE ICH NEU EINGESCHULT.

IN DIESER ZEIT UNTERZOG ICH MICH EINER HORMONBEHANDLUNG UND EINEM SPEZIALTRAINING, UM ZU EINER RICHTIGEN FRAU ZU WERDEN.
NACHDEM ICH FÜNFZEHN JAHRE ALS MANN GELEBT HATTE, FIEL MIR DIE UMSTELLUNG NICHT LEICHT.
AH... AN DIESE RÖCKE GEWÖHNE ICH MICH NIE... DAS ZIEHT WIE HECHTSUPPE!
WARUM HABEN SIE MICH NICHT AUF EINE ANDERE SCHULE GESCHICKT?
WENN MICH HIER JEMAND ERKENNT, WAS DANN?!
GRUMMEL
GRUMMEL
DIE BEHANDLUNG WAR NICHT GANZ BILLIG. DEINE ELTERN DRUCKEN DAS GELD DOCH NICHT SELBST!
DAS IST MAKOTO YUTAKA, DIE NICHTE MEINES ARZTES IN DER SUZUKI-KLINIK.
DA SIE UNGEFÄHR IN MEINEM ALTER IST, WURDE SIE MIR ALS BERATERIN ZUR SEITE GESTELLT UND HAT MIR WICHTIGE TIPPS GEGEBEN.
NICHT SO BREITBEINIG, SONST SIEHT MAN DEN SLIP!
DRÜCK DICH ETWAS GEWÄHLTER AUS!
GUTES AUSSEHEN UND BENEHMEN SIND DIE HALBE MIETE!
OH MANN!
DU NERVST!
ICH WAR FÜR JEDE HILFE DANKBAR, ABER SIE ÜBERSPANNTE DEN BOGEN.

WARUM WILLST DU ES GEHEIM HALTEN? SOLLEN DIE ANDEREN DOCH RUHIG BESCHEID WISSEN.
KOMMT NICHT IN FRAGE!
WÜRDEN WIR UNS NICHT KENNEN, WÄR'S MIR EGAL.
ABER ICH KANN MEINEN ALTEN FREUNDEN UNMÖGLICH...
... ALS FRAU UNTER DIE AUGEN TRETEN.
UAAAH!
WENN ICH DRAN DENKE, MÖCHTE ICH VOR SCHAM IM BODEN VERSINKEN!
MEINE ELTERN NERVEN MICH SCHON GENUG MIT IHREM STÄNDIGEN „HACH, SIEHST DU SÜSS AUS"!!
ICH KOMM MIR VOR WIE EINE ANZIEHPUPPE!!
MEGUMI, DIE ANZIEHPUPPE
...
DER KIMONO, DEN PAPA GEKAUFT HAT.
UND DAS HIER
SEI DOCH FROH, DASS SIE DICH SÜSS FINDEN!
ICH FINDE, SIE NERVEN!
STELL DIR VOR, SIE FÄNDEN DICH HÄSSLICH!

AUS-SER-DEM ...
... HABE ICH MICH IMMER NOCH NICHT AN SLIPS, BHS, RÖCKE UND DEN ANDEREN FRAUENKRAM GEWÖHNT!
WENN ICH MEINEN FEHLENDEN BUSEN MIT EINEM BH BEDECKE, KOMME ICH MIR WIE EIN PERVERSER VOR...
HA HA HA
HA HA HA
ICH KOMME MIR JEDEN MORGEN WIE EIN PERVERSER VOR...
LASS MAL FÜHLEN!
GRAPP
UWAAAH!
HM, STIMMT! GROSS SIND SIE NICHT. ABER MANCHE MÄDCHEN HABEN NOCH KLEINERE!
KNET
JAPS
JAPS
AUA!
HEY ...
KNET
WONACH SUCHT SIE DANN?
ABER DU MACHST DOCH EINE HORMON-THERAPIE, ODER?
HAB ETWAS GEDULD, BRÜSTE WACHSEN EINEM NICHT VON HEUTE AUF MOR-GEN!
MAKOTO! NIMM DIE FINGER WEG!!
BLA BLA
BLA BLA
LESBEN?
WAS MACHEN DIE DA? ...
HAT DIE'S GUT...

TAUMEL
MIR WIRD AUF EINMAL ...
... GANZ ... KOMISCH ...
ARGH...
ZOOM UP
AH...
AAAAAAAH!!

WUOSCH
MEGUMI ...
HAST DU WAS GESPÜRT? SAG BLOSS, ICH HAB IR-GENDWELCHE GEFÜHLE GEWECKT ...
VER-FLIXT! ICH WOLL-TE ÄRZ-TIN WER-DEN ...
QUATSCH!! ICH HAB NUR GRAD MEINE ALTEN KUMPEL GE-SEHEN !!
NICHT SO LAUT! SONST HÖRT MAN DICH IN DER GANZEN SCHULE !
WAS WAR DAS ...?
TJA
WEISS NICHT ...
DAS IST NUR DEINE SCHULD. LASS DIE FINGER VON MEINEM BUSEN !!

SCHLUSS MIT DEN DOKTOR-SPIELEN !!
REG DICH AB! WELCHES SIND DEINE FREUNDE ?
HMP
SIE HÖRT MIR NICHT ZU!
DIE DREI DA UNTEN IM HOF.
AHA...
IHRE NAMEN SIND SHINMEI, TACHI-MACHI UND TOBA.
ZUCK
SHIN-MEI... ?
SAGTEST DU GERADE... SHINMEI?! WO, WO, WO ?!
DAAAACH
KYAH!
ZUCK

ÄH... DA AUF DEM HOF ...!
KYAH! DU HAST RECHT, DAS IST ER! SHINMEI! HIER BIN ICH!
BLA
BLA BLA
HIBBEL
HÄ, SHINMEI?!
SHINMEI? IST TOBA AUCH DABEI?
BLA BLA BLA
TACHI-MACHI IST SO SÜSS ...
HIBBEL
BRRRRRR
WAS IST?
ÄHM...
DU BIST KITANAKA-YAMA-SAN, STIMMT'S?
JA! ICH BIN ERI KITANAKA-YAMA.
KENNST DU... DEN TYPEN NÄHER?

SCHÖN WÄR'S! ICH BIN EIN RIESENFAN VON SHINMEI UND GEHE NUR WEGEN IHM AUF DIESE SCHULE ♡! ♡
HÄÄÄ?!
ICH FIND IHN TOTAL COOL!
AUSSERDEM IST DIES EINE GUTE SCHULE.
ABER ...
... IHR KENNT IHN ANSCHEINEND NÄHER?!
NEIN, NEIN. DER BEKANNTE DES BEKANNTEN EINES BEKANNTEN KENNT IHN... FLÜCHTIG.
SMILE
RAUS DAMIT!
VERSTEHE ...!
SHINMEI SIEHT NICHT NUR SUPER AUS, ER IST AUCH SUPERCOOL!
AUF DER MITTELSCHULE WAR ER STELLVERTRETENDER SCHULSPRECHER, ABER IN WAHRHEIT WAR ER DER BOSS.
ER ZOG DIE FÄDEN IM HINTERGRUND! ♡
DIE GRAUE EMINENZ DES SCHULHOFS!
AUF DER OBERSCHULE FAND ER ZIEMLICH SCHNELL FREUNDE, UND ZUSAMMEN WURDEN SIE DIE COOLSTE GANG DER SCHULE.
KYAH! ♥
KYAH!

SIE WAREN ZU VIERT, ALSO NANNTE MAN SIE „DAS ERHABENE QUARTETT".
HÄ?
OBWOHL SIE NEU AN DER SCHULE WAREN, HATTEN SIE SOFORT STAMMPLÄTZE AUF DEM DACH! COOL, ODER?
...
BRRRRRR
JEDER VON IHNEN IST UNGLAUBLICH BELIEBT.
IHR SEID IDOLE?!!
DER SCHÖNE SHINMEI, DER SCHWEIGSAME TACHIMACHI, DER DRAUFGÄNGER TOBA UND...
GULP
... EINER IST NICHT MEHR DABEI ...
DER VIERTE SCHEINT DIE SCHULE VERLASSEN ZU HABEN. SEIN NAME WAR YOSHIKAWA...

DER WAR SO WAS VON SÜSS!
DAMALS... WAR ICH ÜBERHAUPT NICHT SÜ...
SEI STILL!
HMPFF
DU BIST AUCH SEHR HÜBSCH, KITANAKAYAMA-SAN! ♡
FINDEST DU? NA JA... ABER DIE VIER HATTEN RICHTIGE FANKLUBS, UND ES KURSIERTEN FOTOS VON IHNEN.
AUSSERDEM SOLLEN SICH DIESES JAHR VIEL MEHR SCHÜLER FÜR DIESE SCHULE BEWORBEN HABEN, WEIL DIE VIER HIER SIND.
DIE LEUTE AUS DEN OBEREN KLASSEN WISSEN BESCHEID ...

MOMENT MAL...!
I-ICH WEISS VON NICHTS.
SAG MAL, HEISST DU NICHT AUCH YOSHIKAWA?
GULP
JEDEN-FALLS HAST DU DICH SO VORGE-STELLT.
ICH HAB FOTOS VON IHM GESEHEN UND DU SIEHST IHM ZIEMLICH ÄHNLICH ...
HÄ? SIE SIEHT IHM ÄHNLICH?! ABER DIE ZWEI KENNEN SICH NICHT EINMAL. DAS IST REINER ZUFALL!!
GE-GENAU... REINER ZUFALL!
HA HA HA HA HA HA HA

ALSO DANN... WIR MÜSSEN AUF DIE TOILETTE!
SCHIEB
SCHIEB
GATCHA
TAP TAP TAP TAP TAP TAP
WUPP
STOPP

WIE WAR DAS? DU HATTEST EINEN FAN-KLUB?! UND ES KURSIE-REN FOTOS VON DIR ?
DAS HÖR ICH ZUM ERSTEN MAL !!
NA JA... WIR HABEN UNS AUF AN-HIEB VERSTAN-DEN UND HIN-GEN IMMER ZUSAM-MEN.
UM DIE PLÄTZE AUF DEM DACH HABEN WIR MIT DEN ÄLTEREN GEKÄMPFT ...
UPS ...
IHR HABT ALSO EINEN BANDEN-KRIEG AN-GEZETTELT ?
KANN MAN SO SA-GEN.

HAAAH...
MEGUMI...
GRAPP
DANN IST ES NUR EINE FRAGE DER ZEIT, BIS DU AUFFLIEGST!
PAT PAT
NACH ALLEM, WAS ICH GERADE GEHÖRT HAB, BIST DU BEKANNT WIE EIN BUNTER HUND!
DU HAST HIER EINE RIESENFANGEMEINDE!
UHM...
PAZINK
DAS IST DOCH ALLES SCHNEE VON GESTERN!
HA HA HA HA
KEINER KÄME AUF DIE IDEE, DASS ICH MICH ALS FRAU VERKLEIDET HABE!!
HAHAHA
WIESO VERKLEIDET...?!
EIN HÜBSCHES MÄDCHEN WIE DU FÄLLT GARANTIERT AUF...
HERRJE!
DU BIST EINE FRAU!

ACH QUATSCH ...
ZUCK
OH... HALLO ...
ICH FIND DICH TOTAL SÜSS! WIE HEISST DU UND IN WELCHE KLASSE GEHST DU ?
MAN HAT UNS BE-LAUSCHT ?!
EINE ANMACHE ?
FIXIER

BRRRRRR
PAZINK
GRMPF
DU IDIOT HAST UNS EINEN HEIDEN-SCHRECK EIN-GEJAGT!
HA
HA
HA
MEGU-MI...
GANZ RUHIG!
WENN DU DICH WIE EINE FURIE BE-NIMMST, FLIEGST DU GARAN-TIERT AUF!
UH... UND WAS JETZT?
ZU-ERST...
RUNZEL
... SOLLTEN WIR DEN ARMEN KERL HIER WEG-SCHAFFEN.
O-OKAY ...
K.O.

SLUUURP
PUAAAH
FUPP FUPP
WENN DU SO WEITERMACHST, WAR ALLES FÜR DIE KATZ!!
FCH
HÖR AUF!
MIAU
DU DARFST NICHT AUFFALLEN UND MUSST DICH WIE EIN MÄDCHEN BENEHMEN ...
HALT DIE FINGER STILL!
STATT ZU FLUCHEN WIRD GELÄCHELT ...
UND HALT DIE BEINE ZUSAMMEN!

DIE UNSCHULD VOM LANDE.
SO UNGE-FÄHR?
GANZ GENAU, PERFEKT!
SUPER
BONK
AH...
ENT-SCHUL-DIGUNG ...
LÄCHELN!!
HM?
DUCK
HÄ? HEY! YOSHI-KAWA?!
OH GOTT, HIROAKI KAWADA!!
WUPP

BOFF
WA...? WAS IST LOS?
FLÜSTER
EIN ALTER BEKANNTER! SCHULSPRECHER KAWADA!!
FLÜSTER
AHA... DER DA...
ÄH...
DAS... IST DOCH...
AHAHA, NIMM'S NICHT PERSÖNLICH. SIE IST SEHR SCHÜCHTERN UND MAG KEINE JUNGS!
SMILE
SIE HAT SICH FURCHTBAR ERSCHROCKEN, ALS SIE MIT DIR ZUSAMMENGESTOSSEN IST!
GUTE AUSREDE, MAKOTO!!
AH... VERSTEHE...

HM?
HUCH!
AUSGE-RECH-NET JETZT!
UWAAAAH!
KYAH …
SCHLING
ER HAT MICH GESEHEN …
ÄH … SIE SIEHT EINEM BEKANN-TEN VON MIR SEHR ÄHNLICH. ALSO DACHTE ICH …
AH!
EINE MITSCHÜ-LERIN VON UNS MEINTE AUCH, SIE WÜRDE JE-MANDEM AUS EINER HÖHE-REN KLASSE ÄHNELN.
DABEI KANNTE SIE NOCH NICHT MAL SEINEN NAMEN! ABER WIE HEISST ES DOCH: JEDER MENSCH HAT IRGENDWO AUF DER WELT ZWEI DOPPEL-GÄNGER …
ÄH … DANN … HAB ICH MICH WOHL GEIRRT …
PUH!
MAKOTO LÜGT WIE GE-DRUCKT.

NUN KRIEG DICH WIEDER EIN!
SEI NICHT SO EIN ANGSTHASE, ♡ MEGUMI!
KNUDDEL
AH...
FLÜSTER
HINTER DIR SIND NOCH DREI!
FLÜSTER
HÄ?
WIE BITTE?
VOR DIR STEHT MEIN EHEMALIGER MITSCHÜLER HIROAKI KAWADA!!
UND HINTER DIR „DAS ERHABENE QUARTETT" (MINUS EINS)!!

SIE HABEN MICH UMZINGELT ...
WIR STECKEN IN DER KLEMME!!
WAS JETZT... MAKOTO ...?!
FLÜSTER
JETZT SUCHEN WIR UNSER HEIL IN DER FLUCHT! AUF DREI RENNEN WIR LOS!
FLÜSTER
O-OKAY... VERSTANDEN!
EINS...
DA SIND SIE! ♡

WUUUSH
KYAH!
KYAH!
KYAH!
KYAH!
DAS IST DIE CHANCE !!
ALSO DANN, BIS SPÄTER...!
AH ...
HEY? DER SCHULSPRECHER!
UAAASH
AHAAAA!
MIT ZWEI MÄDCHEN?! STEHST DU AUF EINE DER BEIDEN?

EINS DER MÄDCHEN SAH AUS WIE KEI?
NEIN...! ABER DIE EINE SAH AUS WIE YOSHIKAWA...
DAS HAST DU DIR SICHER NUR EINGEBILDET.
OH MANN!
VO-VON WEGEN!
NEIN.
ICH HAB SIE AUCH GESEHEN!
HÄ?! MEINST DU WIRKLICH, ES WAR KEI?
WAS REDEN DIE DA?
KEINE AHNUNG. ES WAR DASSELBE GESICHT.
WIR REDEN VON EINEM MÄDCHEN. DU HAST DOCH GUTE AUGEN, ODER, TACHIMACHI...?
JA, 1.5 AUF BEIDEN AUGEN.
YOSHIKAWA WAR EINZELKIND, ER HATTE KEINE SCHWESTER...
UND DAS MÄDCHEN SAGTE, SIE WÄREN NICHT VERWANDT...

HÄTT ICH DOCH NACH IHREM NAMEN GEFRAGT ...!
WAS?! DU HAST SIE ANGEMACHT, OHNE NACH IHREM NAMEN ZU FRAGEN?!
SO WAS BLÖDES.
ICH HAB SIE NICHT ANGEMACHT!!
ICH BIN NICHT WIE DU!!
ÄH...
DAS MÄDCHEN GEHT IN MEINE KLASSE. IHR NAME IST YOSHIKAWA ...
HACH
IM CHOR!
YOSHIKAWA?!
DIE KLEINE HEISST YOSHIKAWA?!
JA... IHR VORNAME IST MEGUMI ...
STIMMT!
SO HAT IHRE FREUNDIN SIE GENANNT!
KEI... MEGUMI...
DIE MÄNNLICHE UND DIE WEIBLICHE LESEART DESSELBEN ZEICHNENS ...
...

DAS GLEICHE GESICHT!
DER GLEICHE NACHNAME!
PRAKTISCH DER GLEICHE VORNAME!
DAS KANN KEIN ZUFALL SEIN!
ZIEMLICH VERDÄCHTIG...
ALSO, DIESE MEGUMI! SIE HAT DEN GANZEN TAG WIE EIN JUNGE GEREDET!
IST DAS WAHR, MEGUMI?! SO GEHT DAS NICHT!
DU BIST EINE ALTE PETZE, MAKOTO!

BLA
WIR HABEN DEINE MITSCHÜLERINNEN GEBETEN, DIR ETWAS AUSZURICHTEN!
DA SIND SIE!
BLA
BLA
ABER SIE HABEN SICH GEWEIGERT. ALSO SIND WIR SELBST GEKOMMEN!
KLASSE 10b
SWINN
SWINN
SWINN
HAST DU LUST, UNS EIN STÜCK ZU BEGLEITEN ...
... MEGUMI YOSHIKAWA?

WUUUSH
TUT MIR LEID, DASS MAN EUCH EINEN KORB GEGEBEN HAT, ABER...
WARUM RÜCKT IHR JETZT GLEICH ZU VIERT AN?
HA
HA
ODER WOLLT IHR YOSHIKAWA IN EURE CLIQUE AUFNEHMEN?
HO HO HO
UND WER BIST DU?
SMILE
SMILE
ICH BIN YUTAKA, YOSHIKAWAS FREUNDIN.
DA SIE ETWAS KRÄNKLICH IST, HABEN MICH IHRE ELTERN GEBETEN, AUF SIE ACHT ZU GEBEN.

HAST DU WAS DAGEGEN, WENN WIR UNS KURZ MIT MEGUMI YOSHIKAWA UNTERHALTEN ?
GULP
ICH BIN SO WAS WIE IHRE MANAGERIN ODER TRAINERIN.
ICH BIN DOCH KEIN FILMSTAR ODER BOXER ...
HMMM... ALSO GUT, FRÄULEIN YUTAKA.
NICK NICK
VERGESST ES! SIE IST VIEL ZU SCHÜCHTERN, UM MIT VIER JUNGS ZU REDEN.
HM-HM.
ICH FINDE... WIR HABEN GENUG RÜCKSICHT AUF DIE GEFÜHLE DEINER FREUNDIN GENOMMEN !
IMMERHIN HABEN WIR ES SOGAR ÜBER DRITTE VERSUCHT, UM IHR PEINLICHKEITEN ZU ERSPAREN.
ABER DA WIR DAMIT KEINEN ERFOLG HATTEN, BLIEB UNS KEINE ANDERE WAHL ...

WIR KÖNNEN IHR UNSERE FRAGEN AUCH HIER STELLEN!
ALLERDINGS SIND DIESE FRAGEN ETWAS HEIKEL.
WIR WOLLTEN KEINE AUFMERKSAMKEIT ERREGEN UND VERMEIDEN, DASS GERÜCHTE ENTSTEHEN...
DAS VERSTEHT IHR ALSO UNTER RÜCKSICHT NEHMEN! IHR IDIOTEN!
MIT IHREM AUFTRITT HABEN SIE SCHON GENUG AUFMERKSAMKEIT ERREGT!
NA GUT, WIR KOMMEN MIT UND HÖREN UNS AN, WAS IHR ZU SAGEN HABT!
WIRKLICH? WIE NETT!
WIR WARTEN OBEN AUF DEM DACH!
SMILE

BLA
WAS MACHEN WIR JETZT?
HACH, IST DER COOL!
SHINMEI IST TOTAL SÜSS!
GENAU!
UND DA HAB ICH GESAGT ...
STIMMT!
NA JA, NUN GIBT ES KEIN ZURÜCK, DU KANNST DICH SCHLIESSLICH NICHT EWIG VERSTECKEN...
ES IST NUR EINE FRAGE DER ZEIT, BIS SIE DICH DURCHSCHAUT HABEN.
BLA
WAAAS?!
NEIN!

SCHÖN, DASS DU GEKOMMEN BIST!
WIR HABEN EINIGE FRAGEN AN DICH...
ALSO KOMMEN WIR GLEICH ZUR SA-CHE.
GNN GNN
MEGUMI YOSHIKAWA... WIR GLAUBEN ...

PAFF
DU BIST KEI YOSHIKAWA, RICHTIG ?!
IHR NEHMT KEIN BLATT VOR DEN MUND ...
SO-LANGE WIR DAS NICHT GENAU WIS-SEN, ER-ÜBRIGT SICH JEDE WEITERE FRAGE.
WIE LAU-TET DEINE ANTWORT, MEGUMI YOSHI-KAWA ?
ICH ...
ICH KENNE KEINEN KEI YOSHI-KAWA !!
WUPP
HALT IHREN BLICKEN STAND!
DEIN ZÖ-GERN SAGT MEHR ALS TAUSEND WORTE...
WARUM LEUGNEST DU ES ...?

HM... DU KENNST IHN NICHT ...
AHA...,
FLIPP
UND WAS SAGST DU DAZU ?
KEI YOSHIKAWA ORIGINALFOTOS 5ER-SET NUR 1000 YEN!!
GULP
UPS!
WANN HABEN SIE DAS GEMACHT ...?
DAS IST KEI YOSHIKAWA, EIN FREUND VON UNS. UND DAS ...
TACHI-MACHI ...!
SWUSCH
DAS...
... BIST DU AM MORGEN DEINER EINSCHU-LUNG. DA-MIT LIESSE SICH EIN GESCHÄFT MACHEN!
WOW... ZEIG MAL!
WO HABT IHR DAS HER ?!
ICH WILL AUCH EINS!
ICH AUCH!

REISST EUCH ZUSAMMEN!
WIR SIND BEI DER BEWEISAUFNAHME!
OKAY ...
SORRY ...
ZURÜCK ZUM THEMA ...
UH
NUN? FINDEST DU DIE ÄHNLICHKEIT NICHT VERBLÜFFEND?
SIE UNTERSCHEIDEN SICH NUR DURCH IHRE FRISUR UND DIE KLAMOTTEN.

IHR HABT SOGAR DIE GLEICHEN NAMEN!
ICH HABE EURE VERSICHERUNGSKARTEN VERGLICHEN.
... ABER GRÖSSE UND GEWICHT STIMMEN ÜBEREIN!
ÜBER DEINE MASSE SCHWEIGE ICH LIEBER ...
UND ALS LETZTER BEWEIS... ADRESSE UND TELEFONNUMMER VON KEI UND MEGUMI YOSHIKAWA STIMMEN ÜBEREIN.
LAUT SCHULUNTERLAGEN.
JAHRGANG O SCHÜLERKARTEI ECHIZEN-OBERSCHULE
WILLST DU UNS IMMER NOCH WEISMACHEN, DASS DIESE ZWEI PERSONEN NICHTS MITEINANDER ZU TUN HABEN?

ALSO, WILLST DU ES IMMER NOCH LEUGNEN, MEGUMI YOSHIKAWA?
UH...
IHR NERVT! WENN ICH EUCH SAGE, DASS ICH IHN NICHT KENNE, DANN KENNE ICH IHN AUCH NICHT!
FLÜSTER
GIB'S AUF! DIE BEWEISLAST IST ERDRÜCKEND!
FLÜSTER
HALTS MAUL!

WIE DU WILLST!
PFF
DU LÄSST UNS KEINE WAHL ...
ZEIT FÜR EINE KLEINE LEIBESVISITATION ...
HE HE HE
HÄ ?!
SPINNT IHR, DAS IST EIN SHOJO!
TOBA!
DAAASH
SNAP
ROGER!!
JIPPIE!

ENT-SCHUL-DIGE BITTE! ♡
HÄ?
HÄ? WAS? HEY...
SCHLING
UWAH!
HMMM! FÜHLT SICH GUT AN, GANZ GLATT...
KNUDDEL
KNUDDEL
KNUDDEL
UND DIESER DUFT... IST DAS DEIN SHAMPOO?
AAAH, HERRLICH ...
NIMM DEINE ...
HEY ...

WHACK
PFOTEN WEG!!
FUPP
GNN
HA
HA
NICHT ÜBEL!
HA
CLAP
CLAP
CLAP

SO VIEL KRAFT WÜRDE MAN DIESEM ZIERLICHEN KÖRPER GAR NICHT ZUTRAUEN!
SCHNELLE REFLEXE, GEPAART MIT VOLLEM KÖRPEREINSATZ UND ERSTKLASSIGER TECHNIK!
VERGESST NICHT DAS GUTE GEFÜHL, SIE ZU UMARMEN UND IHREN HERRLICHEN DUFT!
HIHIHIHIHI!
AUTSCH
MEHR BEWEISE BRAUCHEN WIR NICHT!! DU BIST KEI!
UUUH ...
DIE ANDEREN BEWEISE FAND ICH ÜBERZEUGENDER!

MURMEL
ES HAT KEINEN SINN, MEGUMI... GIB ES ZU!
DIESER TOBA HAT DICH BEFUMMELT...
MURMEL
SIE HABEN DICH DURCHSCHAUT!
OKAY?
PAT
MURMEL
DIE HÖREN ERST AUF, WENN DU ALLES ZUGIBST ...
HILFE!
AAAH ...
ALSO GUT.
IHR HABT RECHT, ICH BIN KEI YOSHIKAWA!! NA UND?!

DESHALB MUSSTE ICH MICH NEU EINSCHULEN LASSEN...
WARUM HAST DU NICHT WENIGS-TENS HALLO GESAGT?
WIR HABEN DICH ECHT VERMISST!
DU BIST EINFACH ABGEHAUEN, OHNE EIN WORT ZU SAGEN!
FUNKEL
WAS HÄTTEST DU AN MEINER STELLE GETAN?

WILLST DU MIR WEISMACHEN, DU WÄRST ZU MIR GEKOMMEN UND HÄTTEST GESAGT: „HEY, ICH LASS MICH OPERIEREN! CIAO..." ?
ODER WÄRST DU HINTERHER GE-KOMMEN, NACH DEM MOTTO: „HI, ICH BIN JETZT EINE FRAU! GEFALLE ICH DIR?"
HÄTTEST DU DICH DEINEN ALTEN FREUNDEN ZU ERKENNEN GEGEBEN? HM ?
KEI-KEI-CHAN !
KEINE LEICHTE ENTSCHEI-DUNG ...
STIMMT! DIESER ALTE CASANOVA !
ALSO BEI TOBA WÄRE DAS SCHON SCHWIE-RIGER.
ICH WÜRDE SICHER EINE HEISSE BRAUT ABGEBEN.
A-ABER HÖR MAL, KEI-CHAN !
SEI DOCH FROH, JETZT BIST DU NOCH SÜSSER !
PAZINK

WHACK
ICH WUSSTE, DASS SO EIN SPRUCH KOMMT! DARUM HAB ICH EUCH NICHTS GESAGT!!
VERDAMMT !!
UMPF
ICH HAB DOCH NUR GESAGT, WAS ICH DENKE! DAS WAR EIN KOMPLIMENT, KEI-CHAN!
ALSO WIRKLICH! DAS VERSTEHE ICH NICHT...!
WARUM BIST DU SO SAUER?
MURMEL
MURMEL
NA JA... ALSO... WEIL...
WEIL... MIR DAS PEINLICH IST.
MURMEL
VERSTEHE...! ABER ES WAR EIN EHRLICHES LOB!
WENN DICH DAS NÄCHSTE MAL JEMAND SÜSS FINDET, SOLLTEST DU ETWAS FREUNDLICHER SEIN!

OKAY, DANN LASS UNS DAS GLEICH ÜBEN!
PAT
ÜBEN? WAS ...?
KEI...
DU BIST WIRKLICH SÜSS!
UH... AAAH... DA-DANKE ...
DAS SAGT ER BESTIMMT JEDER!!
NA-NU ...!?
SEHR SÜSS SOGAR!
DA-DANKE ...
JETZT REICHT'S ...!
SO SÜSS, DASS ICH MIR WÜNSCHE, DU WÜRDEST MICH HEI-RATEN!
DA... DA...
SCHLUSS JETZT...

SAGT MAN IN SO EINEM FALL AUCH DANKE, MAKOTO?
NEIN...! WENN JEMAND UM DEINE HAND ANHÄLT, ANTWORTEST DU MIT JA ODER NEIN! VORAUSGESETZT, ER MEINT ES ERNST ...
HOPPLA!
HEIRATEN?
ÄHEM
?
HÄ?!
WAHAHAHA. DAS WAR SICHER NUR SPASS!
SCHERZKEKS!
VON WEGEN! DAS WAR MEIN ERNST!

WAAAAAS ?!
ICH HATTE SCHON IMMER EIN AUGE AUF DICH GEWORFEN ...
MIR GEFÄLLT DIE VORSTELLUNG, DEN REST MEINES LEBENS MIT DIR ZU VERBRINGEN ...
AUSSERDEM GESCHIEHT ES NICHT OFT, DASS EIN FREUND VERSCHWINDET UND ALS FRAU ZURÜCKKOMMT!
HA HA HA HA HA HA
HEY, MOMENT MAL!!

ICH MAG DICH MINDESTENS GENAUSO GERN UND FINDE DICH SO SÜSS, DASS ICH DICH JEDERZEIT HEIRATEN WÜRDE!!
GROAR
IM CHOR
NEIN!
DARUM GEHT ES NICHT!! DAS IST MEIN ERNST. ICH FAND DICH SCHON IMMER SÜSS!
MOMENT MAL! ICH FAND DICH SCHON SÜSS, DA KANNTEN WIR UNS NOCH GAR NICHT!!
IHR NICHT AUCH NOCH ...!
DAS SAGT IHR DOCH NUR, UM MIR ZU SCHMEICHELN ...
LASST DEN QUATSCH!

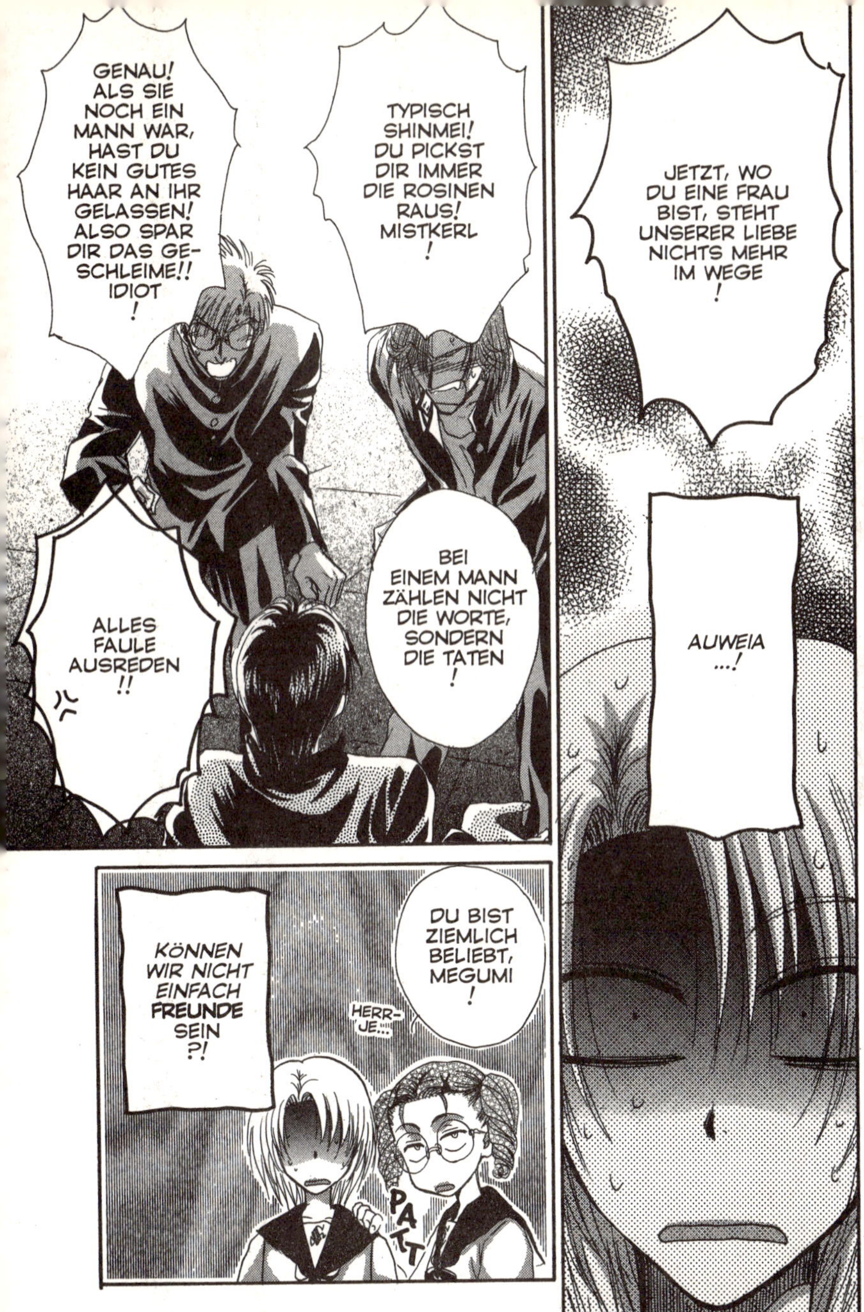
JETZT, WO DU EINE FRAU BIST, STEHT UNSERER LIEBE NICHTS MEHR IM WEGE!
TYPISCH SHINMEI! DU PICKST DIR IMMER DIE ROSINEN RAUS! MISTKERL!
GENAU! ALS SIE NOCH EIN MANN WAR, HAST DU KEIN GUTES HAAR AN IHR GELASSEN! ALSO SPAR DIR DAS GE-SCHLEIME!! IDIOT!
BEI EINEM MANN ZÄHLEN NICHT DIE WORTE, SONDERN DIE TATEN!
ALLES FAULE AUSREDEN!!
AUWEIA ...!
DU BIST ZIEMLICH BELIEBT, MEGUMI!
HERR-JE...
KÖNNEN WIR NICHT EINFACH FREUNDE SEIN?!
PATT

...
KEI!
TACHI-MACHI!
DU BIST MEIN EINZIGER FREUND!
ALSO, ICH FIND DICH AUCH SÜSS UND... ICH DICH LIEBE!
BUHUUU
BUSH
ZUCK

WAS... DU AUCH... TACHI-MACHI ?!
GONG
TAUMEL
ICH HATTE GEDACHT, WIR KÖNNTEN FREUNDE BLEIBEN ...
DAS DACHTE ICH AUCH, ABER WENN ICH ES MIR RECHT ÜBERLEGE ...
... WÜRDEN WIR ZIEMLICH GUT ZUSAMMENPASSEN. DU BIST UNKOMPLIZIERT UND KLEINER ALS ICH !
WAS MEINST DU? WOLLEN WIR SPÄTER HEIRATEN ?
AAAH! SEHT EUCH TACHIMACHI AN! ER VERSUCHT, SIE RUMZUKRIEGEN !!
SWINN
SWINN
MISTKERL !

CLAP
CLAP
CLAP
DAS REICHT!
KRIEGT EUCH WIEDER EIN!
ICH KANN VERSTEHEN, DASS IHR FROH SEID, DASS MEGUMI ZURÜCK IST!
ZACK
ABER DENKT DOCH AUCH MAL AN SIE!
SCHLIESS-LICH IST SIE NICHT GANZ FREIWILLIG ZUR FRAU GEWORDEN UND HÄTTE LIEBER WEITER ALS MANN GELEBT.
ABER SIE HAT SICH ENT-SCHIEDEN, ALS FRAU EIN NEUES LEBEN ANZUFAN-GEN. ALSO LASST IHR ETWAS ZEIT, UM SICH AN IHR NEUES LEBEN ZU GEWÖHNEN!
IHR KÖNNT JEMANDEN, DER ERST SEIT EIN PAAR WOCHEN EINE FRAU IST, NICHT GLEICH MIT HEIRATSAN-TRÄGEN ÜBER-HÄUFEN ...

HABT IHR DENN ÜBERHAUPT KEIN FEIN-GEFÜHL?
MAKOTO ...
SIE IST DIE EINZIGE ...
... DIE MEINE GEFÜHLE VER-STEHT.
WIE WÄR'S, WENN IHR ERST MAL MIT IHR AUSGEHT, STATT IHR GLEICH EINEN HEIRATSAN-TRAG ZU MACHEN?!
HÄ?
ABER NEIN, IHR FALLT GLEICH MIT DER TÜR INS HAUS, IHR IDIOTEN!!
ICH HABE MICH ...
ÄH... MOMENT MAL...! MAKOTO... NICHT ...
... SCHWEREN HERZENS ENT-SCHLOSSEN, EIN NEUES LEBEN ZU BEGINNEN...
SIE HAT RECHT, WIR SOLLTEN ETWAS SEN-SIBLER ZU WERKE GEHEN!
OKAY. GEHEN WIR VORHER MIT IHR INS KINO.
HÄ?!

ALSO, KEI!
ICH HATTE GROSSE ANGST ...
SWINN
SWINN
ABER BISHER DACHTE ICH, DASS ICH DAS IRGENDWIE SCHAFFE...
WILLST DU MICH, DEN TYPEN AUS REICHEM ELTERNHAUS, MIT DEM HÜBSCHEN GESICHT UND DEN EXZELLENTEN NOTEN?
ODER MICH, DEN WARMHERZIGEN, ZUVERLÄSSIGEN FREUND UND ERFAHRENEN LIEBHABER, DER DICH SICHER DURCHS NACHTLEBEN FÜHRT.
...ABER...
ODER MICH, DEN TYPEN, DER LIEBER TATEN SPRECHEN LÄSST UND DIR JEDEN WUNSCH VON DEN AUGEN ABLIEST.
ODER MICH, DEN VERANTWORTUNGSVOLLEN SCHULSPRECHER MIT EINER VIEL VERSPRECHENDEN ZUKUNFT ALS STARANWALT?

DER TAG DER WIEDERGEBURT - Ende

決戦の日
Der Tag der Entscheidung
HERRLICHES WETTER ...!
AN SO EINEM TAG SOLLTE MAN AUF DEM DACH IN DER SONNE SITZEN ...
STATTDESSEN SITZEN WIR HIER IM CHEMIELABOR !!
HIER DARF MAN NICHT MAL RAUCHEN !
PAMM
CHEMIELABOR
DAS DACH HALTEN DIESE KERLE BESETZT !
JA, LEIDER. IMMER ZIEHEN WIR GEGEN DIE DEN KÜRZEREN ...
ALSO ICH FIND'S HIER GAR NICHT ÜBEL ...
STIMMT! WIR HABEN GAS UND FLIESSEND WASSER UND EIN DACH, DAS UNS VOR REGEN SCHÜTZT !
SCHNAUZE! WER AUF DEM DACH IST, HAT AN DER SCHULE DAS SAGEN !!

WIR FORDERN SIE HERAUS! DAS DACH GEHÖRT UNS!
YEAH!
DER SPINNT DOCH...
GROSSE KLAPPE UND...
...NICHTS DAHINTER.
決戦の日

BOKU

WAS WÜRDEST DU TUN, WENN DIR PLÖTZLICH JEMAND SAGT, DASS DU EIGENTLICH EINEM ANDEREN GESCHLECHT ANGE-HÖRST?
ICH HABE MEIN GANZES LEBEN GEGLAUBT, ICH SEI EIN MANN, UND AUF EINMAL HEISST ES, ICH SEI IN WAHRHEIT EINE FRAU.
NACHDEM ICH DEN SCHOCK ÜBER-WUNDEN HATTE, KAM ICH ZU FOLGENDEM ENT-SCHLUSS:
ICH FANGE ALS FRAU EIN GANZ NEUES LEBEN AN...

ABER...
KEI!
HAST DU LUST, MIT MIR INS KINO ZU GEHEN?
GEHEN WIR INS AQUARIUM?
VERGISS ES! KOMM MIT IN DEN VERGNÜGUNGSPARK!
EIN MUSEUMSBESUCH IST GENAU DAS RICHTIGE!
ZETER
NIMM MICH!
ZETER
NEIN, MICH!
ZETER
WAS IST MIT MIR?!
... INZWISCHEN ...
... BEREUE ICH ES, DIESEN ENTSCHLUSS GEFASST ZU HABEN. SCHULD SIND MEINE ALTEN FREUNDE...
HÖRT AUF ...!

ICH HAB DIE NASE VOLL !!
URSPRÜNG-LICH HATTE ICH GAR NICHT VOR, MICH IHNEN ZU ER-KENNEN ZU GEBEN.
ABER SIE HATTEN MEI-NE TARNUNG IN WINDES-EILE DURCH-SCHAUT... DAS WÄRE ALLES HALB SO SCHLIMM ...
... WENN ...
... SIE SICH NICHT IN DEN KOPF GESETZT HÄTTEN, MICH ZU HEIRA-TEN !!

MAKOTO HAT EINE NEUE FRISUR!

KEIN WUNDER, DASS MEGUMI VERWIRRT IST, NACHDEM SICH IHRE EHEMALIGEN FREUNDE ...
... IN REISSENDE BESTIEN VERWANDELT HABEN!
VERSUCHT DOCH WENIGSTENS EINMAL, EUCH IN SIE HINEINZUVERSETZEN...
WIE WÄR'S, WENN IHR ALLE ZUSAMMEN ETWAS UNTERNEHMEN WÜRDET?
WIR ALLE?
ZUSAMMEN ...
MIT DENEN?
TJA ...
KOMMT NICHT IN FRAGE!!
DAS IST DIE MIT ABSTAND BESTE LÖSUNG!
HÄ?!
U-UND WIESO ...?

HÖR ZU ...!
DU WOLLTEST DOCH EIN LEBEN ALS FRAU FÜHREN, ODER?
J-JA.
WUSH
DANN GEWÖHN DICH AN DEN GEDANKEN, DASS DU IRGENDWANN HEIRATEN WIRST!
JA, OKAY... ABER...
UND WEN WIRST DU HEIRATEN? EINEN MANN, KAPIERT?
...
WAAAAAAAAAH!!
STIMMT, ICH BIN EINE FRAU!!
ÜBER SOLCH UNBEDEUTENDE DETAILS HAST DU DIR ANSCHEINEND KEINE GEDANKEN GEMACHT!
DANN WIRD ES HÖCHSTE ZEIT!
PFF
FRAU SEIN IST GAR NICHT SO LEICHT!

SIEH ES POSITIV. BEI ANDEREN MÄNNERN WÜRDEST DU BEI NULL ANFANGEN!
DU MÜSSTEST IHNEN DEINE VERGANGENHEIT ERKLÄREN UND SIE ERST LANGSAM KENNEN LERNEN.
DEIN MANGELNDES SELBSTBEWUSSTSEIN ALS FRAU ...
... WÜRDE DEN KONTAKT ZU MÄNNERN ERSCHWEREN.
UND NACHDEM ES DIR SO SCHWER GEFALLEN IST, DEINEN EHEMALIGEN FREUNDEN DIE WAHRHEIT ZU SAGEN...
... MÖCHTE ICH NICHT WISSEN, WIE LANGE DU BEI EINEM FREMDEN MANN UM DEN HEISSEN BREI HERUMSCHLEICHEN WÜRDEST!
JEPP!
GENAU!
ALSO ...!
ICH SCHLAGE VOR, DU GIBST DEINEN FREUNDEN EINE CHANCE. SCHLIESSLICH KENNEN UND SCHÄTZEN SIE DICH!!
DU HAST SOGAR DIE WAHL!
SIE WISSEN ÜBER ALLES BESCHEID!
UND DU BIST MIT IHNEN VERTRAUT. DAS ERLEICHTERT DIE SACHE UNGEMEIN!
...

HM... NA JA...
VIELLEICHT HAST DU RECHT...
WENN ICH WIRKLICH IRGENDWANN HEIRATEN SOLLTE...
HMMM
... KÖNNTE ICH MICH FÜR EINEN VON DENEN ENTSCHEIDEN...
STUTZ

OKAY, NIMM MICH !!
IM CHOR
UWAAAAH
BRRRRRR
PAAAH!
NEI-NEIN, DANKE! ICH HABE GENUG DAMIT ZU TUN, MICH AN MEIN LEBEN ALS FRAU ZU GEWÖHNEN !!
MIT DER LIEBE HABE ICH ZURZEIT NICHTS AM HUT !!

DA IST WAS DRAN... DU REDEST IMMER NOCH WIE EIN MANN, SPREIZT DIE BEINE BEIM SITZEN UND VERHÄLTST DICH NICHT BESONDERS WEIBLICH...
UH...
SCHLECHTE VORAUS-SETZUNGEN FÜR EINE AFFÄRE...
PFFF
DA HÖRT IHR ES! ALSO LASST MICH IN RUHE, KAPIERT ?!
SO LEICHT LASS ICH MICH NICHT ABWIM-MELN !
DIE LIEBE DUL-DET KEINEN AUFSCHUB !
WENN WIR DICH NICHT AUFREISSEN, TUN ES ANDERE !!
BEI UNS WEISST DU, WAS DU HAST !
PAMM
HÖRT ENDLICH AUF DAMIT !

HEY, IHR! ICH BIN TAISEI NAKAGAWA! AB HEUTE GEHÖRT DAS DACH MIR UND MEINEN JUNGS, KLAR ?!
ICH BIN TOMOYUKI KATAKAMI.
ICH BIN TAKAYUKI KATAKAMI.
TADA!
ERSTARR

HOPPLA, WAS GEHT DENN HIER AB...?
SCHÄTZE, WIR KOMMEN GERADE RICHTIG!
HM?
WAS MACHEN DIE WEIBER HIER?
HIER OBEN HABEN NUR MITGLIEDER DER GANG ZUTRITT, DIE AN DER SCHULE DAS SAGEN HAT!
STIMMT GENAU, IDIOT...
ABER ...?!
HEY, DU... DEIN GESICHT...
GLOTZ
... KOMMT MIR BEKANNT VOR...
GULP
OH SHIT!

HEY, NAKA-GAWA!
WUSH
DU WOLL-TEST MIT UNS REDEN?
...
BESCHÜTZER MIT UNSCHULDSMINE
MEGUMI
MAUER
HMM ...
NA, EGAL ...
...

FÜR EUCH IMMER NOCH NAKAGAWA-SAN !!
ALSO GUT, NAKAGAWA-SAN, WAS FÜHRT SIE ZU UNS ?
SMILE
WIE ICH SCHON SAGTE: AB HEUTE GEHÖRT DAS DACH UNS !
FLÜSTER
SAG MAL, KENNST DU DIE TYPEN ?
FLÜSTER
DER REDET WIE EIN YAZUKA ...
HM, ICH GLAUBE, DIE SIND AUS DER ELFTEN, NEIN, DER ZWÖLFTEN KLASSE...
DIE HABEN SCHON DAMALS VERSUCHT, UNS DAS DACH STREITIG ZU MACHEN...
KEI ALS MANN.
DIESER NAKAGAWA HAT EINE GROSSE KLAPPE, DIE ZWEI ANDEREN SAGEN MEIST KEIN WORT.
GROAR
SHINMEI MUSSTE IHN NUR SCHARF ANFAHREN UND DER FALL WAR ERLEDIGT ...
AH...
HMM ...

ALSO VON MIR AUS...
... KÖNNT IHR JEDERZEIT HIER RAUFKOMMEN!
IHR WISST GENAU, DASS DIESER PLATZ DENEN VORBEHALTEN IST, DIE AN DER SCHULE DAS SAGEN HABEN!
NA SCHÖN! ICH DACHTE, WIR KÖNNTEN UNS EINIGEN ...
PFF
ALSO...! KÄMPFEN WIR!!
HALT!!
IHR WERDET EUCH DOCH JETZT NICHT PRÜGELN!?
OH DOCH! GENAU DAS WERDEN WIR!!
IDIOT!

ICH BIN DER AMTIERENDE SCHULSPRECHER ...
... DER AN DER SCHULE DAS SAGEN HAT!
ZUPP
WIE BITTE... DAS SOLL ICH DIR GLAUBEN? ICH HAB DICH HIER NOCH NIE GESEHEN!
MURMEL
WIR SOLLTEN UNS ZURÜCKZIEHEN! DAS GEHT INS AUGE!
PAH...! SCHULSPRECHER!
KOMMT NICHT IN FRAGE!!
DAS LASSE ICH NICHT ZU!!
HAST DU SIE NICHT ALLE? WAS GLAUBST DU, WER DU BIST?

ALSO GUT! HEUTE LASSE ICH GNADE VOR RECHT ERGEHEN!
ABER WIR KOMMEN WIEDER. VERLASST EUCH DRAUF!
PADAMM
WAS WOLLTE DER KERL?
HM... SICH AUFSPIELEN UND DEN BOSS MARKIEREN!
GEWÖHNLICH MACHT ER EIN GROSSES PALAVER!
DIESMAL MUSSTE ER SICH MEINER AUTORITÄT BEUGEN!

CHEMIELABOR
HEY, TAISEI! WIESO HAST DU PLÖTZLICH KLEIN BEIGEGEBEN?
SEIT WANN KÜMMERST DU DICH DARUM, WAS DER SCHULSPRECHER SAGT?
HE HE HE
SEIT ICH DIE SCHWACHSTELLE DIESER KERLE KENNE!!
SCHWACHSTELLE?
GENAU! HABT IHR NICHT GEMERKT, WIE SIE DIESES MÄDCHEN IN SCHUTZ GENOMMEN HABEN?!
HIHI
ALS ICH DAS SAH...
... KAM MIR EINE IDEE!
HIHIHIHI
DIE KLEINE WIRD UNS HELFEN, DEN KERLEN EINE LEKTION ZU ERTEILEN!
HA HA HA
HA HA HA

DU... WILLST SIE ALS GEISEL NEHMEN?
DICH HINTER IHREM RÜCKEN VERSTECKEN...
ICH ZAHLE IHNEN MIT GLEICHER MÜNZE HEIM, WAS SIE UNS ANGETAN HABEN!
SCHLIESSLICH HABEN DIE SICH AUCH HINTER DIESEM SCHULSPRECHER VERSTECKT!!
WAS DIE KÖNNEN, KÖNNEN WIR SCHON LANGE!!
HA HA HA
SELBST SCHULD, WENN SIE UNS SO ETWAS VORMACHEN!!
HA HA HA
HA HA HA
KLINGT NACH VERLETZTER EITELKEIT.
DAS GEFÄLLT MIR NICHT...
MIR AUCH NICHT...
IHR HABT EUCH DOCH DAS GESICHT DER KLEINEN EINGEPRÄGT, ODER?!
EH...?

PAMM
NEIN, NICHT WIRKLICH.
ICH AUCH NICHT... SORRY!
IHR SEID ZU NICHTS ZU GEBRAUCHEN, IHR IDIOTEN!!
HE HE HE
EINE FRAGE! WILLST DU BEIDE MÄDCHEN ALS GEISELN NEHMEN ODER NUR DIE EINE?
HÄ? WIESO BEIDE?
STIMMT...!
WEIL ZWEI MÄDCHEN OBEN WAREN!
HÄ? WIRKLICH?
JA. SIE WAREN ZU ZWEIT!
JAWOHL!

...
HM.
EINE GEISEL SOLLTE GENÜGEN! AUSSERDEM KANN ICH MICH AN DIE ANDERE NICHT ERINNERN!
ABER WENN DIE WIND DAVON KRIEGT, RUFT SIE WOMÖGLICH JEMANDEN ZU HILFE, UND WIR SIND ANGESCHMIERT!!
AN DAS GESICHT DER ANDEREN KANN ICH MICH NICHT ERINNERN...

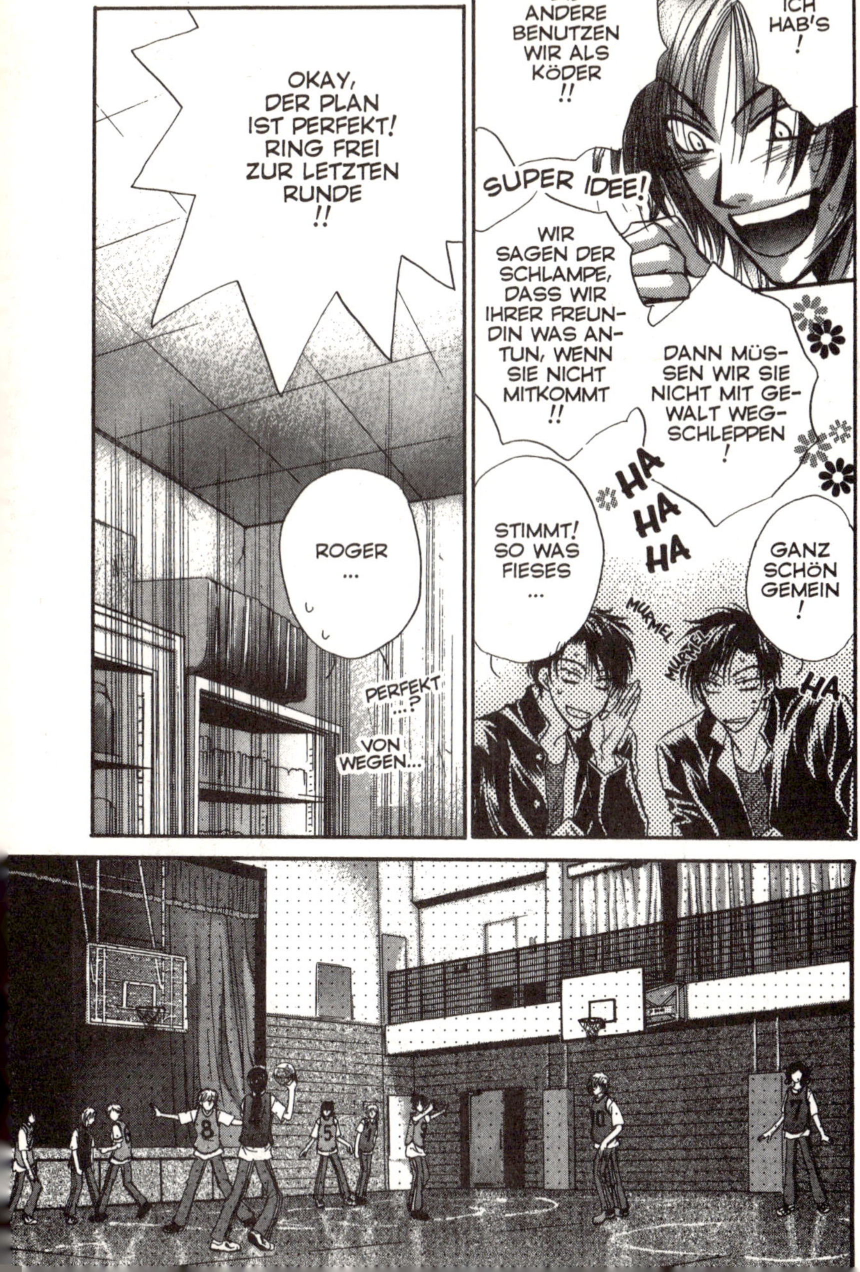
AH... ICH HAB'S!
DIE ANDERE BENUTZEN WIR ALS KÖDER!!
SUPER IDEE!
WIR SAGEN DER SCHLAMPE, DASS WIR IHRER FREUNDIN WAS ANTUN, WENN SIE NICHT MITKOMMT!!
DANN MÜSSEN WIR SIE NICHT MIT GEWALT WEGSCHLEPPEN!
HA HA HA
GANZ SCHÖN GEMEIN!
STIMMT! SO WAS FIESES ...
MURMEL
MURMEL
HA
OKAY, DER PLAN IST PERFEKT! RING FREI ZUR LETZTEN RUNDE!!
ROGER ...
PERFEKT ...?
VON WEGEN...

WAS BILDEN SICH DIE KERLE EIGENTLICH EIN ?!
HAA...
SIE MÖGEN DICH, ALSO WEICHEN SIE NICHT MEHR VON DEINER SEITE!
ABER ICH BIN DOCH KEIN BABY.
SIE FINDEN DICH WAHNSINNIG SÜSS!
KICHER
VERGISS NICHT, DU BIST DAMALS OHNE EIN WORT VERSCHWUNDEN.
VERMUTLICH HABEN SIE ERST DA GEMERKT, WIE GERN SIE DICH HABEN!
UND DAMIT IHNEN DAS...
... NICHT NOCH EINMAL PASSIERT, HOFFEN SIE, DASS DU DICH FÜR EINEN VON IHNEN ENTSCHEIDEST.
SIE HABEN ANGST, DICH ZU VERLIEREN. ALSO KLAMMERN SIE SICH AN DICH!

AUF DICH MACHT DAS NATÜRLICH EINEN VÖLLIG ANDEREN EINDRUCK!
JETZT, WO SIE DIR IHRE ZUNEIGUNG GESTANDEN HABEN, FÜRCHTEST DU, SIE ALS FREUNDE ZU VERLIEREN.
MAKOTO...
HM? WAS IST?
ICH BIN FROH, DASS DU DA BIST...
DU VERSTEHST GENAU, WIE ICH MICH FÜHLE...
OHNE DICH WÄRE ICH VERMUTLICH SCHON LÄNGST WAHNSINNIG GEWORDEN!
DU AHNST NICHT, WIE VIEL MIR DAS BEDEUTET...

DANKE ...
MEGUMI ...
HAAACH... DU BIST WIRKLICH ZU SÜSS !!
UAAAH !
ICH KANN VERSTEHEN, DASS DIE JUNGS AUF DICH FLIEGEN! DU BIST WIRKLICH EIN SCHATZ, MEGUMI !
KNUDDEL
MA-KOTO... DEIN BUSEN...
ICH ER-STICKE !
HM, WIE DAS DUF-TET ...
UND WIE WEICH ...
... SO EIN FRAUEN-KÖRPER IST...

WÄRE ICH EIN MANN, WÜRDE ICH AUCH VERSUCHEN, DEIN HERZ ZU EROBERN!!
OBWOHL ICH EINE FRAU BIN...
... RAST MEIN HERZ...
VIELLEICHT BIN ICH MIR MEINES FRAUSEINS WIRKLICH NOCH NICHT BEWUSST...
NA JA, EIGENTLICH BIN ICH AUCH EIN MANN...
ME-GUMI!
KREISCH
HÄ? JA, WA-WAS IST?
SOLLTEST DU IRGENDWANN FESTSTELLEN, DASS DU NICHT AUF MÄNNER STEHST...
... DANN SAG MIR BESCHEID!! ICH WÜRDE GERN DEN REST MEINES LEBENS MIT DIR VERBRINGEN!!
HÄ?
DU HAST DIR VERMUTLICH NOCH KEINE GEDANKEN DARÜBER GEMACHT...
... ABER WENN MAN HEIRATET, DANN WOHNT MAN NICHT NUR ZUSAMMEN!
ICH MEINE...
PLUMPS

MAN TEILT NICHT NUR DIE WOHNUNG, SONDERN AUCH DAS BETT!
ENTWEDER LIEGT MAN OBEN, UNTEN ODER DANEBEN, VIELLEICHT AUCH DAHINTER ODER DAVOR...
HM
WUPP !!!
DU...
DU...
DU MEINST ... MAN ...

MAN HAT SEX!
MAN HAT SEX
MIT EINEM MANN?!
SWINN SWINN
OH SHIT... MIT... EINEM...
SEUFZ
ICH GLAUBE... ICH KOMME AUF DEIN ANGEBOT ZURÜCK...
DOMP
GUT! BEI MIR BIST DU IN GUTEN HÄNDEN!♡
SCHLUCHZ
SUPER

FLÜSTER
MAKOTO! ICH BIN FERTIG UND WARTE DRAUSSEN AUF DICH!
FLÜSTER
SCHÄMST DU DICH IMMER NOCH VOR DEN ANDEREN?
DAS GING SCHNELL!
NA KLAR SCHÄME ICH MICH. ICH WAR FÜNFZEHN JAHRE EIN MANN!
DAS IST SIE!! SIE IST ALLEIN! DAS IST DIE CHANCE!
OKAY!

WUSH
HALLO! EIN FREUND MÖCHTE DICH SEHEN!
WÜRDEST DU UNS BITTE BE-GLEITEN?

DAS SIND DOCH DIE FREUNDE VON DIESEM NAKAGAWA!
WAS WOLLEN DIE VON MIR...?
NEIN, DANKE!
WENN DU NICHT MIT-KOMMST...
... WIRD DEINER KLEINEN FREUNDIN ETWAS ZU-STOSSEN!
FLÜSTER
!!
DIE MEINEN MAKOTO...

HIER BIN ICH, MEGUMI!
GATCHA
NANU? MEGUMI?
WO STECKT SIE?
SIE HATTE VERSPROCHEN, AUF MICH ZU WARTEN...

ICH WILL ZURÜCK ...
BUHUUU ...
...

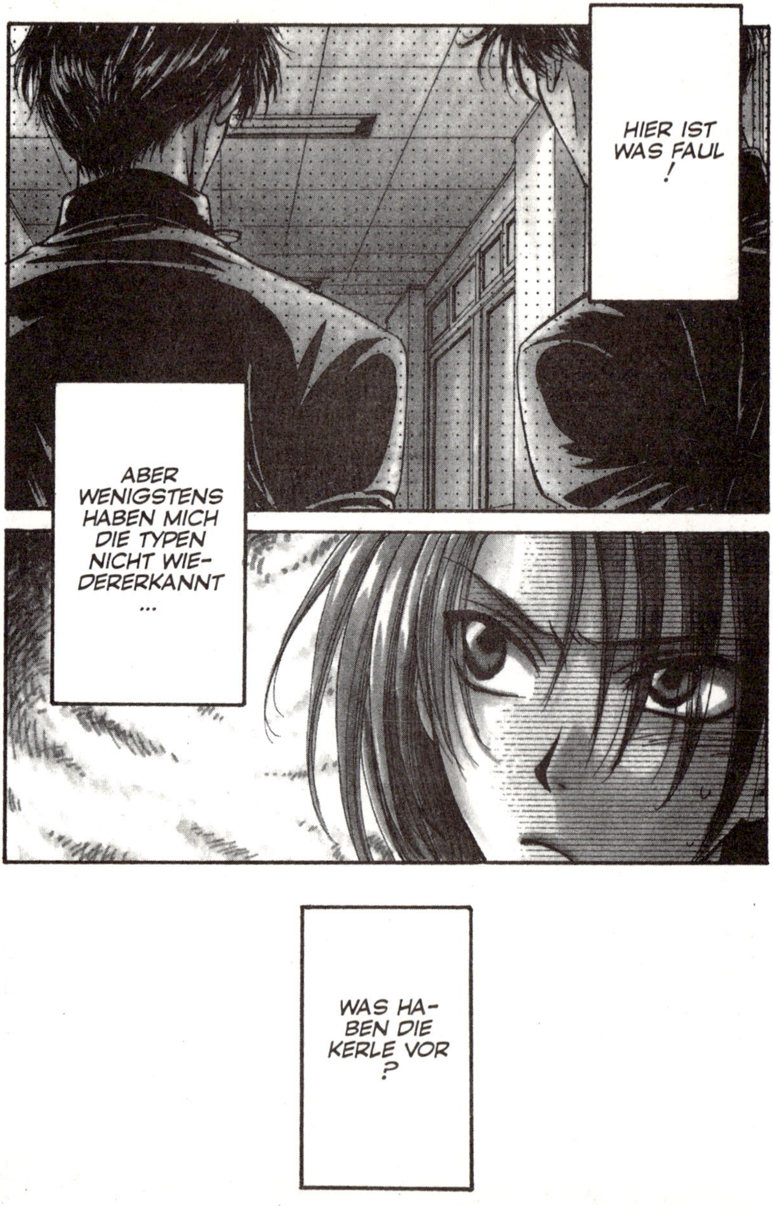
HIER IST WAS FAUL !
ABER WENIGSTENS HABEN MICH DIE TYPEN NICHT WIE-DERERKANNT ...
WAS HA-BEN DIE KERLE VOR ?

DAS HÄTT ICH NICHT VON DIR GEDACHT, MEGUMI!
GRUMMEL
ERST SAGST DU, DU WARTEST, UND DANN ...
GRUMMEL
GRUMMEL
TOMP TOMP TOMP TOMP TOMP
GATCHA
JETZT IST ESSENSZEIT...
VERMUTLICH HATTE SIE HUNGER UND IST IN DIE MENSA GEGANGEN...
AH...
MEGUMI! DA IST SIE!
!?

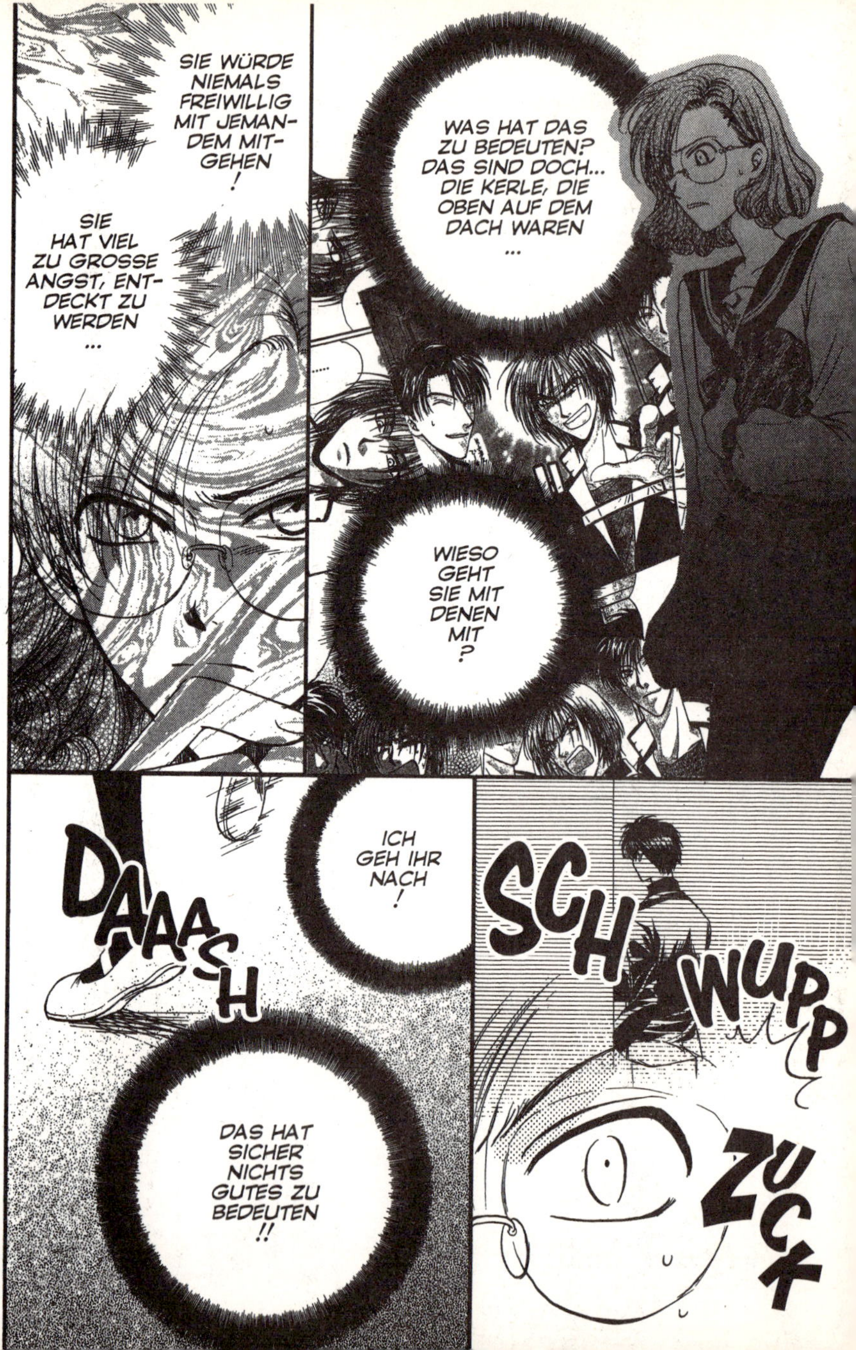
WAS HAT DAS ZU BEDEUTEN? DAS SIND DOCH... DIE KERLE, DIE OBEN AUF DEM DACH WAREN ...
WIESO GEHT SIE MIT DENEN MIT ?
SIE WÜRDE NIEMALS FREIWILLIG MIT JEMANDEM MITGEHEN !
SIE HAT VIEL ZU GROSSE ANGST, ENTDECKT ZU WERDEN ...
SCHWUPP
ZUCK
ICH GEH IHR NACH !
DAAASH
DAS HAT SICHER NICHTS GUTES ZU BEDEUTEN !!

CHEMIELABOR
GATCHA
HIER IST SIE TAISEI!
ICH HATTE RECHT ...
WAS JETZT? SOLL ICH SIE ZUR REDE STELLEN ?
ALLEIN KANN ICH GEGEN DIE DREI NICHTS AUSRICH-TEN...
ICH HOLE LIEBER DIE VIER JUNGS ...

SCHÖN, DASS DU GEKOMMEN BIST, KLEINES!
WAS HAT DAS ZU BEDEUTEN?!
WAS WOLLT IHR VON MIR?!

WIR WOLLEN DICH UM EINEN GEFALLEN BITTEN!
UM EINEN GEFALLEN?
RICHTIG.
DU WEISST, DASS WIR AUF DAS DACH SCHARF SIND.
ABER GEGEN SHINMEI UND SEINE FREUNDE SEHEN WIR ALT AUS.
DIE KERLE SCHEINEN GANZ VERNARRT IN DICH ZU SEIN.
ALSO ...
... TAUSCHEN WIR DICH GEGEN DAS DACH.
VON WEGEN GEFALLEN, IHR WOLLT MICH ALS GEISEL BENUTZEN!
SO KÖNNTE MAN ES AUCH SAGEN.

IHR NEHMT MICH ALS GEISEL, WEIL IHR GEGEN SHINMEI DEN KÜRZEREN ZIEHEN WÜRDET ...
IHR FEIG-LINGE ...!
KRONK
HALTS MAUL! MACH DICH NICHT ÜBER UNS LUSTIG!
EIN MANN REGELT SO WAS MIT DEN FÄUSTEN!
FZZ
ZUCK
JETZT HAB ICH'S ...!
GULP
DEIN GESICHT KAM MIR GLEICH BE-KANNT VOR... JETZT WEISS ICH, WO-HER...
DIESES AUFSÄS-SIGE GETUE ...
DU BIST IHM ZUM VER-WECHSELN ÄHNLICH ...

SEIN NAME WAR YOSHIKAWA, ER HING IMMER MIT DEN DREIEN RUM...
SCHNAUB
STIMMT! DIE ÄHNLICHKEIT IST VERBLÜFFEND!
NUR DIE FRISUR UND DIE KLAMOTTEN WAREN ANDERS!
JEPP!
PAFF
ICH HAB NOCH EINE RECHNUNG MIT IHM OFFEN...
DU BIST NICHT ZUFÄLLIG SEINE SCHWESTER?
FALLS DOCH, LEISTEST DU UNS NOCH LÄNGER GESELLSCHAFT!
WANK

SEINE... SCHWES-TER...
... VON WEGEN !!
IRGEND-EINE VER-WANDTE ?
NEIN.
WENN DER WÜSSTE
HEISST SHI- NAU WIE ER !
STIMMT !
GEBT MIR MEINEN SCHÜLER-AUSWEIS ZURÜCK !!
SIEH AN! DIE ÄHN-LICHKEIT, DER GLEI-CHE NAME ...
... UND TROTZDEM SEID IHR WEDER VER-WANDT NOCH VERSCHWÄ-GERT ?

DU WILLST UNS WEISMACHEN, DASS IHR NICHTS MITEINANDER ZU TUN HABT?! DU LÜGST DOCH...!!
ICH LÜGE NICHT...
ICH SAG NUR NICHT ALLES ...
PFF
OH MANN! DU BIST SOGAR GENAUSO FEIGE WIE YOSHIKAWA!!
WEISST DU...
MUSS ER GERADE SAGEN ...
STIMMT ...!
ES WAR GENAU ANDERSRUM.
... DIESER FEIGLING HAT AUF DEM TREPPENABSATZ STREIT ANGEFANGEN...
ER IST AUSGEWICHEN.
WUPP
AH
PARDAUZ
... UND MICH DIE TREPPE RUNTERGESCHUBST, DIESER MISTKERL!
ZWEI MONATE MUSSTE ICH MIT EINEM GIPSBEIN RUMLAUFEN.
JETZT KOMMT'S!
HAAA...
WAAAS?! DU HAST STREIT GESUCHT UND BIST VON ALLEIN DIE TREPPE RUNTERGEFALLEN!!
VERDAMMT!

ZUCK
HEY...
BAFF
WOHER WEISST DU DAS ?
DANN BIST DU...
... ALSO DOCH SEINE SCHWESTER!? GIB'S ZU ...!
EINEN MOMENT, TAISEI !
WAS WILLST DU ?
FASSEN WIR KURZ ZUSAMMEN, WAS SIE GESAGT HAT...
... UND WAS WIR SONST NOCH WISSEN.

GLEICHES GESICHT, GLEICHER NAME, ABER NICHT SEINE SCHWESTER.
KEINE VERWANDTE UND GANZ SICHER KEINE VÖLLIG UNBEKANNTE.
ALSO IST SIE ...
WAS ...?
... KEI!
ODER?
ABER DAS IST UNMÖGLICH!
HA HA HA
HA HA HA
REDET KEINEN SCHWACHSINN...!
KRONK

NICHT ZU FAS-SEN...!
DU BIST ES ...?!
WAHAHAHA... ICH LACH MICH TOT! WIE IST DAS MÖGLICH ?!
SEHT MICH AN, ICH TRAGE EINEN ROCK! ICH BIN EINE FRAU, ODER ?! ♡
FLATTER

HEY! WAS MEINT IHR?
FLÜSTER
FLÜSTER
WUPP
FLÜSTER
KEINE AHNUNG, WARUM ER WIE EINE FRAU RUMLÄUFT ...
FLÜSTER
... ABER ICH FINDE SEIN VERHALTEN ÄUSSERST VERDÄCHTIG.
FLÜSTER
FLÜSTER
AUSSERDEM REDET „SIE" NICHT WIE EINE FRAU... !
BLIMP
ZUCK
ACH, WAS SOLL'S...?! DANN BEHÄLTST DU ES EBEN FÜR DICH ...
HUH
GRINS
UND WIR FINDEN ES SELBST HERAUS ...
SCHOCK

NA LOS, RUNTER MIT DEN KLAMOTTEN...!
HE HE HE
HE HE HE
UWAAAH! SCHON GUT, ICH GEB'S ZU!! ICH BIN KEI YOSHIKAWA, IHR HATTET RECHT! ABER RÜHRT MICH NICHT AN!!
DAAACH

DETAILLIERTE ERKLÄRUNG
KURZE UNTERBRECHUNG!

WAAAS?
SO WAS GIBT ES...?
ABER DU SIEHST AUS WIE EIN MÄDCHEN... DIESE WEICHEN ZÜGE...
JETZT WEISS ES BALD DIE GANZE SCHULE...
STARR
ZUCK ZUCK
WA-WAS GLOTZT DU SO...?!

GLOTZ
HMMM... ALS JUNGE FAND ICH DICH VIEL ZU KLEIN UND IRGENDWIE TUNTIG UND TOTAL ARRO-GANT...
ABER...
GLOTZ
ALS FRAU FIND ICH DICH ... ERSTE SAHNE! ♡
BLUSH
TAUMEL
WAAAS?!
RICHTIG SÜSS UND REIZEND ...
DAS BRINGT MICH AUF EINE IDEE ...
GEHT DAS SCHON WIEDER LOS?!
HAHA
DU WIRST MEINE FREUN-DIN!
DANN HAB ICH EINE GELIEBTE UND GEISEL! UND SCHLAGE ZWEI FLIEGEN MIT EINER KLAPPE!!
SO EINE SCHNAPS-IDEE...
DER HAT SIE DOCH NICHT ALLE!

DU SPINNST DOCH! ICH WERDE NIEMALS DEINE FREUNDIN!!
MAGST DU MICH DENN NICHT?
BLÖDE FRAGE!!
WENN DAS SO IST...
WUOSCH
... SOLLTEST DU DEINE MEINUNG SCHLEUNIGST ÄNDERN.
!!

DAMM
...
HEY, LEUTE ...
WIESO IST AUSGE-RECHNET JETZT KEINER HIER?! VERDAMMT !!

WUSH
MEGUMI BRAUCHT EURE HILFE!!
WO ZUR HÖLLE SEID IHR?!
TRAPP TRAPP TRAPP TRAPP TRAPP TRAPP
IHR HÄNGT DOCH SONST IMMER AUF DEM DACH RUM!!
AH...
KAWA-DA-SAN! BIST DU ALLEIN? WO SIND DIE AN-DEREN?!
HÄ?

KEINE AHNUNG...! WO BRENNT'S DENN? DU BIST GANZ VERSTÖRT... IST IRGENDWAS MIT YOSHIKAWA?
WAS MACH ICH JETZT? DER IST KEINE GROSSE HILFE... BESONDERS STARK SIEHT ER NICHT AUS!
UH...
WUPP
WUPP
JA... ÄH... MEGUMI...
AH!
DA SEID IHR!!
HI, MAKOTO-CHAN!
WO IST MEGUMI?
VERDAMMT, WO HABT IHR GESTECKT?! ICH HAB EUCH ÜBERALL GESUCHT!!
WIR HABEN UNS WAS ZU TRINKEN GEKAUFT...
WIESO DIESE AUFREGUNG?
ACH, STIMMT!
ZUCK
JETZT NICHT AUFREGEN!!

MEGUMI WURDE ENTFÜHRT !!
WUPP
HÄ? ENT-FÜHRT ?
VON WEM? WOHIN ?
ÄH...
UPS
ENT-FÜHRT IST VIELLEICHT NICHT DAS RICHTIGE WORT...
SIE IST EINFACH MITGEGAN-GEN...
ABER WARUM SOLLTE SIE AUSGE-RECHNET MIT DENEN ...?!
ÄH...
VON NAKA-GAWA... SIE SIND IM CHEMIE-LABOR...
NAKA-GAWA ...? INTE-RES-SANT ...!

DER WILL DAS DACH FÜR SICH ALLEINE HABEN...
VERMUT-LICH HAT ER UNS NEU-LICH ZUSAM-MEN MIT ME-GUMI GESE-HEN...
... UND JETZT BENUTZT ER SIE ALS GEISEL, UM UNS ZU ER-PRESSEN!
DIESES FEIGE SCHWEIN!!
MIST!
SO WAS WÜRDEN WIR NIE TUN, ODER?!
WIE GEHT ES YOSHIKAWA? HABEN SIE IHR WAS ANGETAN?
ICH GLAUBE NICHT, ABER NAKAGAWA HAT SIE AUSGE-FRAGT...
WENN ER HE-RAUSFIN-DET, DASS SIE FRÜ-HER KEI WAR...
ABER WIE WILL ER DAS HERAUS-FINDEN?!
UWAAAH!!
LOS, BEEILEN WIR UNS! WIR MÜSSEN IHR HELFEN!

KRONK
BADONK
PLUMPS
LASS MICH! FINGER WEG!!
HÖR AUF ZU SCHREIEN, SONST WERDE ICH GROB, KAPIERT?!
ZUCK
HÖR AUF, TAISEI! BEI VERGE-WALTIGUNG HÖRT DER SPASS AUF!
ICH BIN ZU SCHWACH ...
WWTT
WARUM HILFT MIR NIEMAND?!
UND VERGISS NICHT, SIE WAR MAL EIN MANN!!
VERDAMMT! ALS MANN WÄRE MIR SO WAS NICHT PASSIERT ...
AUCH WENN MICH DIE ANDEREN „KLEINER“ ODER „SÜSSER“ NANN-TEN, SO WEIT WÄRE KEINER GEGANGEN ...

ICH HATTE KEINE AHNUNG, WAS DAS FÜR EIN GEFÜHL IST...

ABER JETZT WEISS ICH ES ...

UND ES IST ...
... KEIN SCHÖNES GEFÜHL...
NEIN...! HÖR AUF!
SCHLUCHZ
UH...
DODOM

ICH ...
... FURCHTBAR...
ICH FÜHLE MICH...
... ELEND !!
LOS ...!
HÄ ?
LASS MICH LOS, DU SCHWEIN !
!!
ZAMP
WHACK

HA
HA
HA
ALLES OKAY ?
TAISEI !!
DAS HAT GESES-SEN...
ARGLL

ME-GUMI !! ALLES IN ORD-NUNG ?!
PA
MMM

DU... HAST IHN ERLEDIGT!?
MAKOTO!!
ALLES OKAY, TAISEI!?
BIN ICH FROH, MEGUMI!
MAKOTO...
DU WARST PLÖTZLICH VERSCHWUNDEN!
SCHLING
MAKOTO IST SO...
JETZT GEHT ES MIR BESSER...
... WARM UND WEICH!

STÜRM
DASH DASH
KEI, ALLES OKAY?
HABEN SIE DIR WEHGETAN?
ODER DICH ANGEFASST?
HABEN SIE DIR GEWALT ANGETAN?
...
ICH HAB MICH ENTSCHIEDEN!! MIT MÄNNERN KANN ICH NICHT...!
ICH NEHME DEIN ANGEBOT AN!
WUPP
MAKOTO!!
HÄ? WA... WAS?!

BLA
MEINST DU DAS ERNST? DAS KANNST DU NICHT MACHEN!
MOMENT MAL, KEI! DENK NACH...
BLA
YO-SHIKAWA! KOMM ZUR VERNUNFT! DU MACHST EINEN GROSSEN FEHLER!!
WIESO SUCHST DU DIR NICHT EINEN VON UNS AUS ...?
BLA
MEIN ENT-SCHLUSS STEHT FEST!
ALS MICH DIESER KERL BE-DRÄNGTE, WURDE MIR ALLES KLAR...
MÄNNER SIND BRU-TAL UND GRAUSAM. BEI MAKO-TO FÜHLE ICH MICH GEBOR-GEN.
ICH WERDE MIT KEINEM VON EUCH AUSGEHEN UND GA-RANTIERT KEINEN VON EUCH HEI-RATEN!!
WIE BITTE?
I AM A WINNER?
EH?
ALSO...

DER TAG DER ENTSCHEIDUNG – Ende

NACHWORT
HALLO. ICH BIN MIKIYO TSUDA.
EINIGE VON EUCH WISSEN ES VIELLEICHT NOCH NICHT, ABER...
ICH BIN NICHT DIE SELTSAME OOE ZAO, SONDERN BIN ES HÖCHSTPERSÖNLICH.
AUS BESTIMMTEN GRÜNDEN ARBEITE ICH UNTER DEN PSEUDONYMEN OOE ZAO UND MIKIYO TSUDA.
ALTER EGO NUMMER 1
ICH DENKE, ES GIBT KEINEN GRUND, NOCH LÄNGER MIT DIESER TATSACHE HINTER DEM BERG ZU HALTEN, ALSO ENTHÜLLE ICH DIE WAHRHEIT.
DER WICHTIGSTE GRUND, MIR EIN ZWEITES PSEUDONYM ZUZULEGEN, WAR FOLGENDER:
ICH WOLLTE NICHT, DASS MEINE FAMILIE DAVON ERFÄHRT !!
DAS GENRE, IN DEM ICH MICH BISHER AUSGETOBT HABE, BOOMT ZWAR, GILT ABER TROTZ DER VIELEN FANS ALS ETWAS ANRÜCHIG. NA, IHR WISST SCHON... DESHALB HABE ICH MICH ENTSCHIEDEN, MIR BEI MEINEM DEBÜT ALS SHOJO-MANGAKA EIN WEITERES PSEUDONYM ZUZULEGEN...

ABER WIE DAS LEBEN SO SPIELT...
... BAT MICH...
... MEINE MUTTER.
DAS KIND VON OO-SAN INTERESSIERT SICH FÜR DEINEN NEUEN MANGA, BITTE VERRAT MIR DEN TITEL...
MUTTER
HALLO!!
UND MEINE VERWANDTEN...
OO (MEIN COUSIN) SAGTE, ER HÄTTE SICH DEINEN NEUEN MANGA GEKAUFT!
UND SO KAM ALLES ANS LICHT...
UND DARUM...
PLUMPS
ACH, VERDAMMT...!
WENN DAS SO IST, KANN ICH ES AUCH GLEICH ÖFFENTLICH VERKÜNDEN!! JA, ICH ZEICHNE UNTER DEM PSEUDONYM OOE ZAO HOMOEROTISCHE MANGA!!
HOMOEROTISCHE MANGA SIND MANGA, IN DENEN SICH MÄNNER LIEBEN!!
DABEI HÄTTE ICH MIR DAS MIT DEM ZWEITEN PSEUDONYM SPAREN KÖNNEN...
GROAR
HA HA HA HA HA
NUN SIEHT ES FOLGENDERMASSEN AUS:
OOE ZAO → HOMOEROTISCHE MANGA UND ILLUSTRATIONEN
MIKIYO TSUDA → SHOJO-MANGA
DANN WÄRE JETZT NICHT ALLES SO KOMPLIZIERT...
UND DER BEKANNTHEITSGRAD...
UNTER DEM PSEUDONYM OOE ZAO KENNEN MICH VIEL MEHR LEUTE! OBWOHL SHOJO-MANGA 50 PROZENT MEINER ARBEIT AUSMACHEN, WENN NICHT NOCH MEHR. NA JA, OOE ZAO BLICKT AUCH AUF EINE LÄNGERE KARRIERE ZURÜCK.
MIKIYO TSUDA 30 %
OOE ZAO 70 %
GEMEINT IST NICHT DIE WELTBEVÖLKERUNG!

KURZ-MANGA-THEATER

DER AUTOGRAMMFEHLER

Um mit ihr über Seite 219 des Taschenbuches „Color" zu sprechen.

Ich hatte sogar einen kleinen Bären gezeichnet!

TOBA-CHI

Anscheinend haben Lehrer und Schüler oft den gleichen Geschmack...

DAS GRAUEN

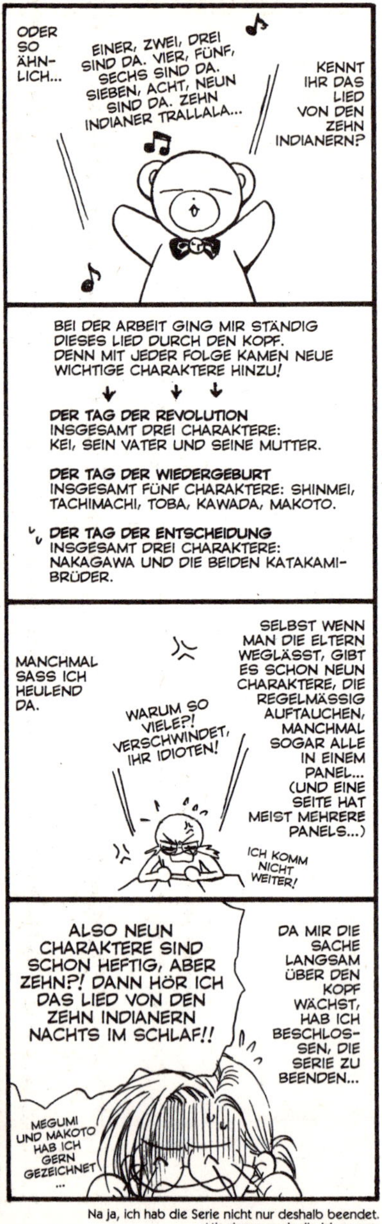

Na ja, ich hab die Serie nicht nur deshalb beendet. Mir gingen auch die Ideen aus.

Jetzt weiß ich, was es heißt, einen Shonen-Manga zu zeichnen!

Beginn sechs Charaktere auf...

SELTSAME WÖRTER

ACHTUNG: Mein Redakteur kommt aus Tohoku.

DER ÜBERFALL

Hallo, hier ist Tsuda.
Ich möchte euch an dieser Stelle an den Erinnerungen teilhaben lassen, die ich mit „The Day of Revolution“ verbinde. Zuerst war ich zuversichtlich, dass alles glatt läuft. Aber die Reaktionen der Leser fielen weniger berauschend aus. Das verunsicherte mich und ich dachte, die Geschichte sei nicht gut genug. Trotzdem habe ich zunächst frohen Mutes weitergemacht, ohne mich der Erwartungshaltung vieler Leser zu beugen. Als dann die vier Jungs dazukamen und innerhalb kürzester Zeit eine richtige Fangemeinde hatten, landete „Day of the Revolution“ auf der Titelseite des Magazins. Ich durfte eine Farbbeilage beisteuern und sammelte wertvolle Erfahrungen.
Dann kam das Kapitel „Der Tag der Revolution“… Ich wollte alles ganz besonders gut machen und geriet immer mehr in Zeitnot. Aber mein Assistent Kazui Kanzaki hatte so wunderbare Hintergründe gezeichnet, dass ich dachte: „Bei so herrlichen Bildern ist die Story doch egal!!“ Und schon wurde mir leichter ums Herz. Wirklich! Also hab ich die Story schleifen lassen und war nicht mehr mit Ernst bei der Sache. Ich glaube, witzige One-Pager liegen mir mehr als seitenlange Storys.
Im Kapitel „Der Tag der Wiedergeburt“ entwickelte sich die Story anders als geplant. Aber da sie plötzlich bei den Lesern viel besser ankam, blieb ich am Ball.
Das Kapitel „Der Tag der Entscheidung“ lief auch nicht so wie geplant. Zwar waren Nakagawa und die Katakami-Brüder von Anfang an vorgesehen, aber diese Vergewaltigungsszene war nicht geplant. Vermutlich hab ich mich viel zu sehr in den Charakter von Nakagawa hineingesteigert.
Dann wurde das Taschenbuch angekündigt, und ich wollte jede Menge zusätzliche Seiten zeichnen. Für das Kapitel „Der Tag der Entscheidung“ waren Szenen über Megumis Vorbereitung auf ihr Leben als Frau vorgesehen, aber daraus ist leider nichts geworden.

Ein großes Dankeschön an meine Assistenten:
Kazui Kanzaki, Jun Uzuki, Miya Fujisaki, Saki Iori, Rinpei Hirabayashi, Yuriko Nirei, Sanae Okawa und Yuko Daigo.

„ELECTRIC HANDS“ und in Zusammenarbeit mit Eiki Eiki „COLOR“

NACHWORT – Ende

„The Day of Revolution" von Mikiyo Tsuda
Aus dem Japanischen von Claudia Peter
Originaltitel: „The Day of Revolution" Vol. 1

2. Auflage
EGMONT MANGA & ANIME
verlegt durch
Egmont vgs verlagsgesellschaft mbH
Gertrudenstr. 30-36, 50667 Köln
Verantwortlicher Redakteur: Bernd Klötzer
Redaktion: Frank Neubauer, Etsche Hoffmann-Mahler
Lettering: magic-letters
Gestaltung: Claudia V. Villhauer
Koordination: Christiane Dihsmaier
Buchherstellung: Angelika Rekowski

Druck und Verarbeitung: AIT Nørhaven A/S, Denmark
ISBN 3-7704-6000-6

www.MangaNet.de

SUTOPPU!

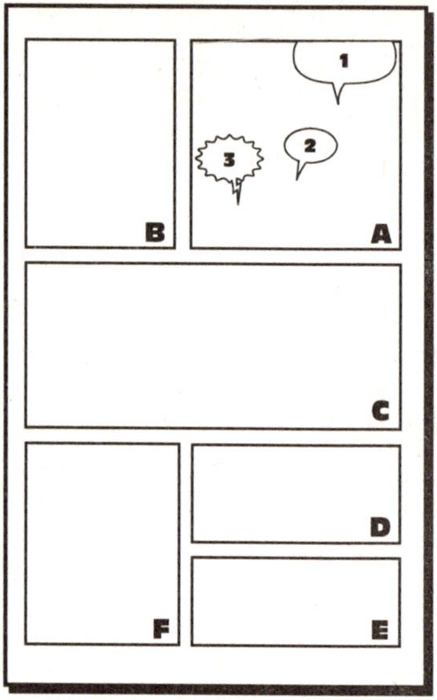

Koko wa kono manga no owari da yo.
Hantaigawa kara yomihajimete ne!
Dewa omatase shimashita!
„The Day of Revolution" no hajimari!

Manga Chiimu

STOPP!

Das ist der Schluss des Mangas. Fangt bitte am anderen Ende an! Und nun genug der Vorrede, jetzt geht's los mit The Day of Revolution!

Euer Manga Team